Undergivna Kvinnor

Erika Sanders

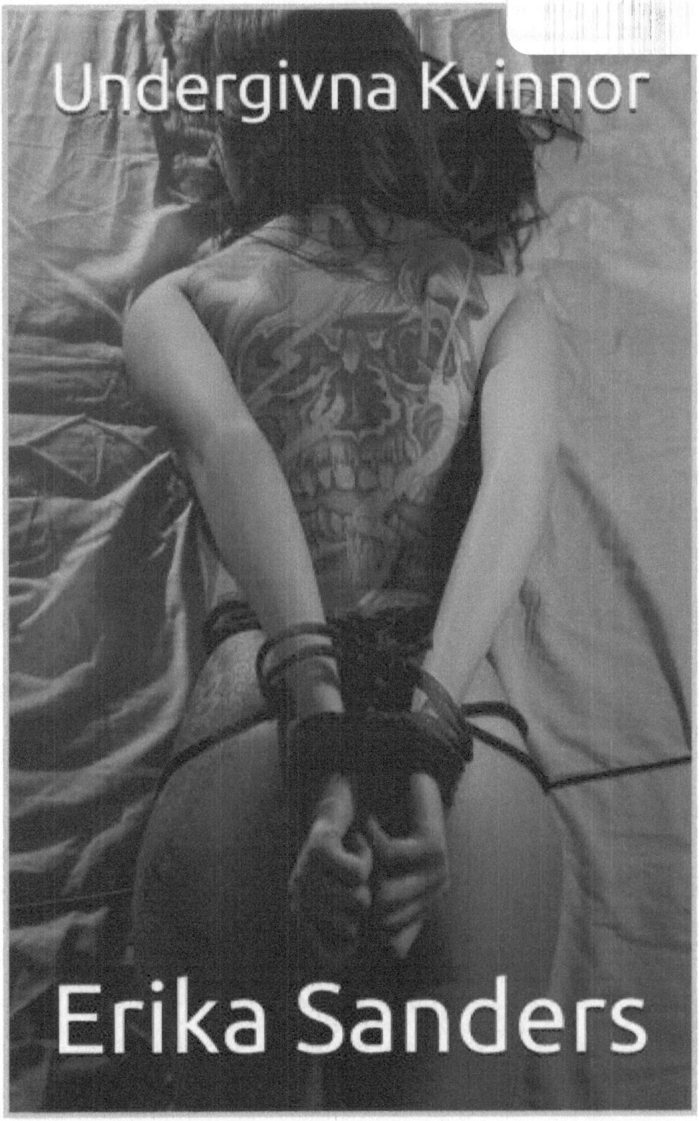

Undergivna Kvinnor
Erika Sanders

Undergivna Kvinnor

Synopsis

Den består av följande romaner:
    Undergiven
    Fantastic Girl
    Avklädningsleken
    Undergiven Latinsk Kvinna

Undergivna Kvinnor är en roman med ett starkt BDSM erotiskt innehåll och i sin tur en ny roman som tillhör samlingen **Erotisk Dominans och Underkastelse**, en serie romaner med ett högt romantiskt och erotiskt BDSM-innehåll.

(Alla karaktärer är 18 år eller äldre)

Anmärkning om författare:

Erika Sanders är en internationellt känd författare, översatt till mer än tjugo språk, som signerar sina mest erotiska skrifter, bort från sin vanliga prosa, med sitt flicknamn.

Index:

UNDERGIVNA KVINNOR
ERIKA SANDERS

11

UNDERGIVEN

Jag vill ha dig.

Allt med dig.

Från topp till tå och allt däremellan.

Din kropp, ditt sinne, din själ.

De fläckar du hatar som jag inte gör.

Jag älskar varje del av dig, precis som du är.

Speciellt den rumpan.

Jag vill vara med dig.

Hela tiden.

Det spelar ingen roll var du är.

Mitt sinne vandrar, utlöst av en tanke eller en bild.

En sång.

Dina initialer på en registreringsskylt.

Ett enkelt ord i förbigående som har en speciell betydelse för er båda.

En främling som bär hår som du.

Klä dig som du.

Jag vill höra din röst.

När du ringer mig med dina husdjursnamn.

Säg att du älskar mig, du saknar mig.

Beskriv hur din dag var.

Fråga mig om mitt och ge mig din åsikt.

Dela vad vi gör eller planerar.

Även det vardagliga.

Förför mig sent på kvällen när jag ligger naken i sängen i mörkret och du är mil bort.

Var hård mot mig när jag blir bortskämd och surrar för att lägga på telefonen för att sova eller göra mig redo för jobbet.

Jag vill se din interiör öppen skriftligt.

Jag njuter av varje nytt meddelande och foto.

Jag granskar tidigare konversationer.

Jag minns att när vi inte är fysiskt tillsammans tänker du fortfarande på mig.

Det kan vara där med en touch av fingrarna.

Dina ord är starka även om det inte finns något ljud; De rör vid mig i bakgrunden, som om du hade sagt dem direkt i mitt öra.

Jag vill diskutera mina romaner med dig.

Snälla ge mig idéer när vi brainstormar handlingen och karaktärernas namn.

Eliminera problemområden.

Bli yr av fansens kommentarer och åsikter.

Dämpa min ilska och förvirring när ansiktslösa och hjärtlösa läsare utan goda skäl kritiserar mina berättelser.

Och jag fortsätter att skriva en annan dag med din uppmuntran.

Jag vill bli tämjad av dig.

Att laga mat och göra hushållsarbete.

Gör ärenden.

Gå och dansa, se en film och åk på resor.

Bara mysa och ta en tupplur på soffan på en regnig helg.

Kallar mig ivrig att älska under högar av filtar i sängen hela dagen.

Sova i varandras famn på natten och sedan vakna bredvid varandra på morgonen.

Duscha tillsammans.

Ha sminksex när vi bråkar.

Jag vill bli kysst av dig.

Upprepat.

Både ömt och plötsligt.

Du vet hur man gör narr av mig.

Tillfredsställ mig.

Väck mig med dina läppar, tänder och tunga.

För att få mig att gråta och stöna.

Begär.

Min kropp darrar.

Jag vill göra kinky saker med dig.

Delta i måltider och evenemang.

Få vänner i din livsstil.

Delta i sexuella lekar på fester.

Upptäck fler hemliga önskningar.

Släpp våra hämningar.

Utforska våra mörkare sidor.

Att föra varandra till toppen av topparna och sedan trösta varandra när vi faller till den lägsta av de låga.

Jag vill bli dominerad av dig.

Han morrade för att jag är din.

Du får min puls att rasa och min andning stannar när jag hör dina order.

Tyst eller abrupt, båda situationerna får mig att rodna.

Jag vill verkligen att du ska fästa mig mot väggen med din kuk mellan mina ben, pressad mot min fitta.

Att du beordrar mig att knulla dig ... att komma bara när du säger det.

Jag har inget annat val än att ge efter när du torterar mina öron, nacke och bröst med munnen.

Eller när jag känner dina händer på min kropp medan du gör anspråk på dina.

Mitt bröst svullnar av stolthet när du säger att jag är en "snäll tjej" för att jag gör som du vill.

Jag vill bli bunden av dig.

Fysiskt.

Mentalt.

Med händerna, handbojor eller rep.

Mina handleder höll i ditt grepp ovanför mitt huvud eller fäst vid sänghuvudet.

Begränsade ben, tillsammans eller isär.

Mina rörelser och reflexer kontrollerade.

Varje chans att röra dig elimineras.

En ögonbindel för mina ögon så jag inte kan se vad du ska göra med mig.

Jag vill bli knullad av dig.

Naken och överväldigad under din kropp när du sveper iväg mig.

Att vara fri från begränsningar utan en beröring från någon av er, använda bara dina ord för att få mig att vrida och stöna medan du förstör mitt sinne ljuvligt.

Eller de enkla, lätta beröringarna som du har hittat frambringar flera orgasmer oavsett var du stryker min kropp.

Jag vill att du använder mig.

Att dras från en plats till en annan efter behag.

Överväldigad när jag bråkar.

Min bara rumpa dunkade medan du höll om mig.

Mina leksaker som du använde på mig.

Din hand greppar mitt hår i nacken.

Trycker lätt på min hals när du ser in i mina ögon.

För att påminna mig om vem som har ansvaret.

Jag vill följa dina regler.

När du är utom räckhåll ger de mig något att fokusera på.

De definieras med mitt bästa i åtanke.

Jag vet att du kommer att bli disciplinerad om jag bryter dem.

Att du litar på att jag ska vara ärlig mot dig när jag har varit olydig mot dig.

Jag vill att du tröstar mig.

Gosade mot dig när jag är överväldigad eller har en dålig dag.

Mitt hår smekte och kysstes med mitt huvud inbäddat under din haka mot ditt bröst.

Lugnad av dina ord och dina armar runt mig.

Gungade tills tårarna slutar.

Jag vill ta hand om dig.

Att krama dig när du är ledsen, trött eller sjuk.

Jag kommer att vara din styrka, någon att luta mig mot, för även en Dom kan ha svaga stunder.

Som din sub är jag här för dig i alla situationer som du behöver mig.

För att behaga dig eller lindra din smärta.

Jag vill ha alla dessa saker och mer.

För jag är undergiven på det sättet.

Som din dominant...

FANTASTIC GIRL

FÖRSTA DEL
ROBERT OCH MONICA

Sex år sedan

Vi är på våren, skolbarnen väntar med spänning på sommarens ankomst, resor, kärleksaffärer. Allas tankar är inte på böckerna, utan på vad de kommer att göra när lektionerna är över.

I en klass som många andra sitter Monica och Robert vid skrivbord. De har känt varandra sedan första året. De är vänner.

HON: Monica; 15 år; dotter till 2 bönder; mörkt hår, mörka ögon.

Utmärkande drag: vacker; naturen har varit mycket generös mot henne: ett praktfullt ansikte, två sagoögon, slät och felfri hud, en vacker, tonad och välformad kropp, ännu inte utvecklade bröst, men imponerande för sin fasthet; Till detta kommer det faktum att hon sedan hon var barn alltid har haft för vana att ta sig till skolan till fots eller på cykel, med tanke på hennes föräldrars dåliga ekonomiska situation, som reser mil och mil varje dag; dessutom hjälpte hon ofta och villigt sina föräldrar med arbete på fälten; När hon kunde slappnade hon av och badade i den lilla sjön nära sitt hem. Resultatet är en vacker tjej som tar andan ur dig bara för att se henne på långt håll.

Hon är inte så bra i skolan, hon gillar inte att plugga så mycket. Å andra sidan briljerar hon i alla sporter – inte ens killar kan stå emot henne.

Hon hoppas kunna ta examen, hitta ett ärligt jobb för att hjälpa henne, hitta hennes drömpojke, bilda familj senare; hennes dröm skulle dock vara att bli en etablerad idrottare. Av denna anledning, närhelst hon kan, tränar, springer, simmar, tränar gymnastik ensam på planen (utan att ha råd med ett gym).

HAN: Robert, 15, son till två universitetsprofessorer; brunt hår, blå ögon. Han ärvde ett extraordinärt sinne från sina föräldrar; Han kunde få över genomsnittliga betyg utan att studera, men hans föräldrar vill det bästa för honom: sedan han var barn tvingade de honom att studera 4 olika språk och hindrade honom från att ha ett riktigt socialt liv; resultatet är en mycket intelligent men blyg och introvert pojke; Hans kamrater retar honom ofta för hans fysiska utseende: inte särskilt lång, lite tjock, absolut nekad för någon aktivitet som inte bara kräver resonemang, en fysik som inte längre är exceptionell, ytterligare förstörd av år tillbringade i böcker och i PC. Han har aldrig haft en flickvän och han är medveten om att det kommer att bli svårt att hitta en, med tanke på hans svårigheter att relatera till andra; han har alltid varit lite resignerad.

Din första skoldag .

De är båda försenade, de sitter vid den enda lediga disken; för honom är det kärlek vid första ögonkastet; han har aldrig sett en sådan varelse; att vara nära henne gör att han stannar i den sjunde himlen; han är dock medveten om att han aldrig kan få det. Han förbereder sig redan på att träffa henne medan han ska sitta på ett annat ställe, när hon ler mot honom och ber honom förklara en formel som han inte har förstått: han ler i sin tur och förklarar formeln med en avväpnande naturlighet.

De blir vänner; Monica ser i honom en öm och känslig pojke, en vän; ett slags tyst överenskommelse skapas dem emellan; Robert blir en sorts skol-"handledare" och snålar inte med att försöka få henne att lära sig de svåraste ämnena: för honom är det en dröm att ha henne i närheten.

De träffas ofta på kvällarna för att studera tillsammans.

Monica, i sin naivitet, inser inte känslan som Robert känner; å andra sidan, alla pojkar ser på henne på ett visst sätt, och han, som är mer reserverad, släpper inte ut vad han känner; ser honom som en vän och det är allt.

Robert å sin sida börjar med tiden att förbanna sig själv: berätta för henne vad han känner och riskera att förlora henne permanent eller fortsätta ha henne så här?

Examenstid - för tre år sedan

Monica har blivit en ännu vackrare tjej än tidigare: nu är hon mer av en kvinna. Hennes kvinnlighet är tydligast i hennes former, hennes praktfulla ansikte mer format. Hennes atletiska färdigheter har gjort henne till en komplett atlet på nationell nivå; Efter att ha utmärkt sig i alla flickidrotter på gymnasiet blev hon professionell gymnast; nu är hans mål att försöka avsluta gymnasiet med värdighet för att ägna sig helt åt idrotten.

I detta är hon mycket skyldig Robert, som hjälpte henne mycket, ofta till och med att göra hennes kopia i hennes klassarbete; faktum är att hon ser honom glad över att hjälpa henne, och hon ser inget fel med det.

I sin naivitet inser hon inte vilken känsla han har för henne.

Också för att hon sedan några dagar dejtat en pojke, som hon håller på att bli kär i ... ja, det verkar åtminstone som att hon håller på att bli kär, de klassiska sakerna som händer i tonåren. De träffas på kvällar och helger, men det är inte officiellt än. Attraktionen mellan dem är stark, de älskar nästan alltid, det finns en stark förståelse.

Hon har inte sett Robert så ofta på sistone, han har kommit ganska långt i sina studier nu, han behöver honom inte längre; Och så börjar det bli tråkigt

Robert växte upp, särskilt inom skolastik. Han har vunnit flera stipendier, särskilt inom områdena informationsteknologi, elektronik och programmering.

Många prestigefyllda företag utvärderar dig redan för intervjuer och jobberbjudanden.

Han är ett geni, han lyckas väldigt bra med allt som finns att tänka på.

Men han är ledsen.

Hans förmågor lyckas inte imponera på hans drömkvinna, som nu har blivit en besatthet. I ett desperat försök att ta poäng anmälde han sig till stadens fotbollslag i hopp om att han kunde komma närmare

Monicas intressen ... med katastrofala resultat. Han lämnade laget och hånade Felix, kaptenen.

Han är resignerad för tanken på att förlora henne, eftersom hon lär sig att studera på egen hand och framför allt kommer att gå in i sportvärlden för att lämna sin.

Ibland tycker du att du är ihärdig med henne:

"Är du säker på att du inte vill att jag ska ge dig en hand för ditt geometritest? Verkligen, jag tror att du behöver en hand, alla har svårt ..."

Hon tystar honom "lyssna, insistera inte, det räcker för mig ensam, och jag lär också, tack, men insistera inte."

Dessa är nu vanliga samtal mellan er två.

Två år sedan

Monica gillar inte att plugga, speciellt inte i slutet av maj. Han föredrar att simma, gå ...

Robert vet att han borde ge upp, men besattheten är starkare än honom.

Du kan inte låta bli att söka på Internet efter alla bilder på henne som laddats ner från sportartiklar, hon har skapat en egen personlig mapp.

Det finns ett mycket noggrant bevarat foto från en artikel om regionala mästerskap, där hon porträtteras i all sin ära, insvept i en tight kostym som inte lämnar mycket åt fantasin, taget under en kroppsviktsövning, medan hon gör någon form av bridge, framhäver dina former och muskler.

Detta kan inte fortsätta.

Du måste gå till henne och prata med henne, uttrycka vad du känner.

Du bestämmer dig för att ringa henne, för att boka tid måste du absolut prata med henne:

...

Monica: "men jag är ledsen om det är så viktigt, berätta något i telefonen"

Robert: "Tja, att säga det över telefon är pinsamt, låt oss säga att det handlar om oss två, här är jag ..."

Monica: Vadå!? Vi båda? Lyssna Robert, du och jag är vänner, inget mer, om det var det du ville berätta för mig, undvik att komma!

... du ... du ... du ... du ...

Hon är synbart upprörd, hon är upptagen den natten och kan inte förstå att Robert har stått vid hennes sida hela denna tid med baktankar; Och sen på sistone har han blivit för påträngande

Robert är förstörd.

Nu vet han att han också har förlorat henne som vän.

Han ger inte upp, bestämmer sig för att gå till henne för att få ett förtydligande, han vill i alla fall att jag ska prata med honom igen.

Du känner till vägen, bara att den verkar väldigt kort, jämfört med det vanliga: vad ska du säga? Hur ska talet börja? Nu har du gissat sanningen och förlorat den för alltid. Hur kan det åtgärdas?

När han närmar sig ingången till huset hör han en ström av vatten i dammen intill Monicas hus.

Robert vet att han älskar att simma på eftermiddagen för att hålla sig i form.

Hon är starkare än honom, istället för att knacka på dörren närmar han sig dammen, med avsikten att knacka på henne.

"Monica..."

Du kan inte höra det, det är under vattnet.

Under simningen lyckas Robert se henne i all sin skönhet; hennes kropp ser ut att vara gjord av marmor, men behåller en otrolig sinusitet och femininitet. Den rör sig på vattnet med nåd och kraft på samma gång.

I det ögonblicket är han bland träden och när han ska ringa henne igen ser han henne komma upp ur vattnet ...

Hans röst hänger i halsen.

Det har jag aldrig sett.

Hon är naken.

Han närmar sig stranden, kommer ut i all sin prakt, vattendropparna drar vackra stigar över hela kroppen, medan han kommer ut och vrider håret. De fylliga men fasta brösten rör sig slingrande tillsammans med bröstmusklerna; I buken sticker de skulpterade magmusklerna från år av träning ut. Benen är vassa, långa, men också definierade och muskulösa. Hans kropp är en hymn till perfektion. När han närmar sig stranden ser Robert all sin nakenhet och förblir orörlig utan att kunna göra ett ljud.

Men något oväntat händer.

Hon är inte ensam.

Robert hör skratt bakom en buske dit Monica är på väg.

Nu har han tappat henne ur sikte, men han kan höra skratt, glädjestön och mer skratt.

"Monica, jag tycker att du ska prata tydligt med Robert, berätta för honom att vi är tillsammans och sluta bli otrogen mot honom, en tjej som du skulle få vem som helst att bli kär..."

"Men jag trodde inte att han hade baktankar ... det är ... det är bara på sistone som han har blivit enträget, oförklarligt svartsjuk, besittande, det här ger mig mycket problem ... jag ... jag gör det inte vet hur man berättar för honom, han verkar inte förstå. Jag kanske borde ha vetat det för länge sedan. "

"Det är bättre att förtydliga så snart som möjligt, om du inte gör det kommer jag att göra det"

"Oroa dig inte, är du svartsjuk? Hur kunde jag känna något för honom? Först trodde jag åtminstone att han var snäll, vänlig, men nu tror jag att jag förstår hans sanna avsikter; och sedan fysiskt ... här ... han är motbjudande ... absolut inte som du ... "

De skrattar båda.

De slutar prata och börjar kyssas och kramas igen.

Robert är helt enkelt förstenad.

Efter alla dessa år som han har stått henne nära ...

De orden kyler honom.

Du skulle vilja skrika din ilska och frustration till hela världen, men det skulle vara obekvämt att göra dig hörd i det ögonblicket.

Det mest logiska är att gå därifrån i tysthet, och det är ett beslut som nästan är klart i sinnet.

Går han uppför stranden, med många svårigheter, letar han efter en stig som är mindre brant än förut; när han gör det snubblar han över en gren med den resulterande dunsen.

"Åh herregud, hörde du det Monica?"

"Jag antar det! Vem kan det vara? Har någon kommit för att spionera på oss?"

De klär sig så lite som möjligt och vandrar genom träden på jakt efter inkräktaren.

Robert är på flykt, vid det här laget börjar han springa smygande, men mannen är på honom på några sekunder.

Han känner igen i mörkret igen kaptenen för skolans fotbollslag.

Felix.

"Robert?"

"Vad? Säg inte att du kom hit för att spionera på oss!"

"... nn ... nej ... snälla killar, det är inte så ni tänker, Monica ... jag ... jag kom hit bara för att prata med dig, jag hörde ett ljud och jag kom till sjön, du hörde mig inte, men jag ringde dig... "

Ett slag i käken skär av honom abrupt.

"Du är någon sorts värdelös mask, nu ska jag lära dig att komma och spionera på MIN flickvän"

"... nej, Felix, snälla..."

Ett knä mot magen tystar honom ännu mer.

Robert är på marken, hjälplös.

Men mer än den fysiska smärtan är det den plågsamma förnedring som han lider som får honom att lida.

Monica tar Felix i handen innan hon slår honom igen.

"Stopp, Felix!"

Robert har en andningspaus. Monica kanske vill lyssna på honom, medveten om alla eftermiddagar vi tillbringade tillsammans.

Inget är längre från verkligheten.

Hon går fram till honom, halvnaken, i sina underkläder och ett lätt linne som fortfarande är blött till badrummet.

Kontrasten mellan henne, lång, vacker, stark, av en frisk färg, lite solbränd ... och honom, på golvet, böjd över sig själv, tunna axlar och armar, en mage som växer runt midjan, en följd av år står ut. tidigare, studerar.

Hon är över honom och ser henne som en ängel till hans räddning.

En drömvision, han fantiserar om att kyssa henne, köra händerna över den fantastiska kroppen, ligga på en öde strand med henne för alltid.

Monica för honom tillbaka till verkligheten. Hon lyfter upp honom med ena handen vid hans skjorta, ser honom rakt in i ögonen.

"Felix, det är meningslöst att smutsa ner händerna med detta ingenting, att slå honom skulle bara sluta i problem. När det gäller dig, underart av blötdjur, prata aldrig med mig igen, jag var så naiv att tro att du var nära mig i godo, men jag måste ha förstått att jag omedelbart måste ha förstått vad all din envishet var gjord av, svartsjuka, besatthet; Skriv ut den här rösten och detta ansikte väl i ditt sinne, för du kommer aldrig att prata med mig igen. Tack gode gud att jag åker nästa vecka , att gå till en plats där jag hoppas att det inte finns någon som är villig att erbjuda mig hjälp "ointresserat" och sedan spionera på mig i min integritet ".

Kommer försvinna.

"Låt oss åka hem, Felix. "

Robert på marken, oförmögen att se tillbaka, kryper hem i en regnskur av tårar.

Den fysiska smärtan känns knappt.

ANDRA DEL
SONIA OCH MONICA

31

3 år sedan

Hon: Sonia, 18 år, hennes pappa arbetar som anställd, hennes mamma är lärare i molekylärbiologi. Två bra människor. Hon är inte vacker. Petit, blek, det spelar ingen roll, det är feminint nog men det är absolut inte provocerande. Hon är en intelligent tjej, ärvt från sin mamma en stor passion för biologi och genetik.

Väldigt reserverad och ödmjuk, hon har aldrig fått pojkar, inte så mycket på grund av sitt fysiska utseende, inte sprudlande men inte förkastligt, utan för att hon INTE är intresserad av pojkar.

Hans intressen är begränsade till läsning, forskning, genetik. En kall, beräknande och osällskaplig tjej.

Och av en subtil, medfödd och oförklarlig sadism.

Det händer ofta att han går till laboratoriet, i hemlighet från sin mamma, för att leta efter ett djur och tortera det utan någon exakt anledning. Han gillar den där känslan av makt över offret och att se det misslyckade försöket att fly från sitt öde från de starkaste exemplarens sida.

Och tack vare sin förmåga att mäta sin grymhet har han aldrig dödat någon.

Dina favoritoffer är de mest vitala och motståndskraftiga, så du kan anstränga dig mer utan permanenta konsekvenser.

I den meningen trodde hon aldrig att hon skulle kunna tortera något mänskligt exemplar, även om idén frestar henne mycket.

Fram till den dagen.

Vi är i april för två år sedan.

Sonia förbereder sig motvilligt på att följa gymnastiklektionen med sina klasskamrater.

Dödlig tristess, plus avsevärd ansträngning.

På uppvärmningsvarven i gymmet hamnar han alltid efter tillsammans med Robert, skolans kunnande. Då och då pratar de med varandra, de byter två ord och pratar om det och det. Det är klart att de inte känner någon form av ömsesidig attraktion, de håller bara sällskap under gymtimmar.

Hon tycker att han är väldigt intelligent och håller med honom i många aspekter av vardagen.

Det är bara en sak som han inte förstår innebörden: känslan han har för Monica, den där gymnastiska, arroganta, korkade och framför allt okänsliga, ses som att "utnyttja" stackars Robert. Han förstår inte hur en smart kille kan retas så och samtidigt vara envis och envis i sin besatthet.

Hans är rent förakt.

Det är dock något som förvirrar hans känslor: Monicas kropp. Är det möjligt att naturen är så hånfull att den låser in en så ytlig, okänslig och dum person i ett så perfekt skal?

Ibland i omklädningsrummet inser hon att han tittar på henne längre än han borde, men hon förstår inte varför.

Den där dumma gymtimmen är på väg att ta slut, att bara vänta på sista övningen på stången och sedan göra provet i biologiklassen, som är över om tio minuter, av det vanliga geniet Robert, och sedan alla andra, som det tar lite längre tid.

Det var den där lilla tiken Monica som insisterade på att hon ville klättra på stången, påhejad av alla andra förstås.

När Sonia förbereder sig för att förgäves försöka klättra, slår Mónica henne ofrivilligt, vilket får henne att slå näsan mot stolpen, med ett allmänt skratt.

"Tysta killar, kom igen, gör den här övningen snabbt, vi är redan sena..."

"Jag är ledsen..." säger Monica och med en nästan djurisk lätthet klättrar hon upp till toppen och går sedan ner lika snabbt.

"Jag är ledsen, din jäkla idiot" ... det är vad Sonia tänker, men hon bara tänker. När hon klamrar sig fast vid stången och låtsas som en meningslös ansträngning att klättra, observerar hon Monica på den intilliggande stolpen: vit T-shirt, mörka shorts (som i skoluniformen), synliga trosor och bh. När en del av shortsen går upp faller den på grund av kontakt med pinnen, vilket blottar en svart stringtrosa och en del av hennes vitaktiga skinkor som drar ihop sig med ansträngning. På vägen ner är det dock tröjan som lyfts och blottar naveln och platt mage. I samma ögonblick som han kliver ner från stången gör han gesten att lyfta sin skjorta för att torka ansiktet, vilket visar hur perfekt hans mage är.

I det exakta ögonblicket ser Sonia sig själv i sitt laboratorium med sina instrument och Monica halvnaken, svettig och flämtande, orörlig på ett bord med sladdar och remmar av alla de slag, medan hon väntar på att hon ska göra sitt jobb och försöka slingra sig i olika sätt som ett försöksdjur ... "ursäkter räcker inte, din äckliga kärring, nu lär jag dig utbildning".

Hon hade hört talas om orgasm från sina kamrater och i själva verket hade hon smekt sig lätt och känt en subtil njutning.

Men i det ögonblicket, att föreställa sig den scenen, medan hon klamrade sig fast vid stången, ger honom ett förödande nöje, som om han var tvungen att hålla tillbaka sig för att undvika att skrika.

Sedan den dagen har hans liv förändrats, han ser Monica som ett potentiellt offer för sina fantasier och han njuter av det.

Djur räcker inte längre.

Några veckor senare .

Vad dum Sonia känner sig.

Hennes besatthet av Monica hade berövat henne klarheten.

Hon borde ha föreställt sig att ingen skulle glädja henne med sina elaka spel.

Och han borde inte ha bjudit hem Monica.

Å andra sidan gjorde han inget motstånd. I badrummen efter lektionen hittade han henne framför henne för femtende gången, och denna gång naken, medan hon duschade.

Medan Monica tvålade med slutna ögon åt Sonias den där kroppen i varje tum och avundade för ett ögonblick den där svampen som hon brukade tvätta med.

När fantasin flög genom hans huvud märkte de andra tjejerna Sonias fixering och fnissade.

De lämnades ensamma efter fem minuter.

Monica: "Varför tar du så lång tid? Jag trodde att jag var den enda som älskade en lång dusch ..."

"... hur? Åh ja... ja det är avkopplande."

Han höll på att gå av och stänga kranarna.

"Hej Monica, du har lite tvål kvar på din rumpa"

"Åh tack! Vilken anda av iakttagelse! Nu lämnar jag att ikväll har jag längdåkning, vinner jag också med pojkarna kommer jag att sätta nytt rekord, vet du?"

"Hej, du är väldigt atletisk och vacker"

"Tack" ler han, han föreställer sig inte illvilja hos många män, än mindre en kvinna.

"Vet du förresten att många idrottare använder elektrostimulering? Använder du det?

"Tja, inte för nu, även om jag har hört talas om det; jag vet inte mycket om det."

"Verkligen? Vill du komma och hälsa på mig? Jag har några apparater för biologistudier, du vet. Jag kan låta dig prova dem..."

Hon hade gått till hans hus.

Som två vänner.

Sonia vågade inte berätta för honom att hon använde de verktygen för sina sadistiska lekar med försöksdjur.

De hade låst in sig i rummet.

"Nu. Klä av dig..."

"Förlåt?"

Sonia var inte särskilt sällskaplig och förstod inte att några omständighetsord brukar vara i god smak, innan hon kom till saken.

"Tja ... ja ... var du inte här för att prova elektrostimulatorerna? Jag måste applicera dem överallt. Du kan stanna i dina underkläder och bh om du vill."

Monica, lite irriterad, började klä av sig, eftersom hon i princip kom för det, så hon skapade inget väsen.

Sonia hade nästan tappat kontrollen när hon lyfte på tröjan. Med nästan hemsökta ögon stirrade han på sitt nya labbmarsvin.

"... lyssna, jag sprang trettio kilometer igår, jag är lite trött, vi kanske inte kunde prova de där grejerna först bara någonstans och sedan se om det gör ont?"

Tre mil och hon är lite trött, tänkte Sonia; en perfekt idrottare; i det här exemplaret kan jag testa allt och mer ... och redan var hans sinne vilse i tanken på allt han kunde testa hos en kvinna som denna: utmattningstest, långvariga stimulanser av njutning blandat med smärta, tröskelkontroller, smärta. ..

Hon blev avbruten i sina tankar av Monica som såg henne som i trans

"Hej hej! Sonia, är du här med mig?"

"åh ja visst, låt oss prova... på skinkorna, okej"

"Buah ... På rumpan?"

"Varför? Skäms du? Kan jag hjälpa dig..."

Efter att ha lagt mycket gel på elektroderna, ordnade han dem mycket noggrant, nästan galet, på skinkorna och en del av insidan av låret.

Det verkade inte riktigt för Sonia att hon kunde röra detta djur ostraffat, och hon var tvungen att avstå från att dröja för länge på dess kött för att undvika att göra henne misstänksam. Men den position som hon hade placerats i, med benen isär, lätt framåtböjd, med ena handen hållen håret stilla och den andra vilande på nattduksbordet, i hennes underkläder, gjorde det omöjligt att inte testa fastheten i hennes skinkor och inre lår.

Monica märkte detta och verkade lite upprörd.

Sedan tog Sonia sig samman.

"Ok, nu skickar jag dig 1 sekunds pulser på nivå 1"

Monica kände ett pirrande, men ingenting rörde sig.

Sedan gick Sonia direkt till nivå 3.

Monica kände hur hennes muskler drar ihop sig varje sekund; Det överraskade henne till en början, sedan började hon tycka att det var nästan trevligt.

Sonia såg sina sätesmuskler och adduktorer dra ihop sig och började hamna i kris. Han skulle ha velat bedöva henne, ta av henne det lilla hon hade kvar, knyta fast henne väl och gradvis nå nivå 10 i hela hennes kropp.

Men det var en fantasi.

Han föll nästan ihop när han knappt hörde ett stön i sammandragningsögonblicket.

Var det möjligt att hon gillade honom?

Såvida inte...

Han fick den ohälsosamma idén...

"Hör du, eftersom jag tror att du gillar det, kan vi prova det på hela kroppen?"

"Ah ja, okej"

Placeringen av elektroderna varade mer än tio minuter.

Sonia ville njuta av varje ögonblick som den vackra kroppen berörde.

Han hade satt elektroder överallt.

Den minsta i biceps, triceps, vader.

De som är lite större i mage, rygg, bröst, lår, utöver de jag redan hade.

Med en otrolig ursäkt, när han sa att han var tvungen att ansluta "utrustningsjord", fäste han henne effektivt på en ram som användes som hängare i laboratoriet.

Och han hade också tagit bort hennes bh och sa "bara för att vara säker" att hon var tvungen att placera sensorer i det området för hjärtslag. På så sätt lindade hon bröstvårtorna med speciella elektroder och fäste bröstdelen vid ramen.

Resultatet blev Monica bunden i en X-form, med en praktiskt taget naken kropp om inte för hennes lilla svarta string, och elektroderna fästa på större delen av hennes kropp, fram och bak.

"... men ... men ... jag kan inte röra mig"

"På detta sätt kan jag placera elektroderna där jag vill, och med sträckta armar och ben kommer dina muskler att fungera bättre"

Monica förstod inte så mycket och det verkade väldigt konstigt, men hon litade på det.

Alla elektroder var kopplade till en maskin som Sonia manipulerade med sakkunniga händer.

Det började med nivå 3 och 4.

Förtrollad av detta levande konstverk, doserade hon nivåerna och intervallerna efter behag och beundrade hur Monicas alla muskler praktiskt taget stod till hennes tjänst.

Monica tyckte att detta var lite konstigt, men den fysiska känslan var behaglig.

Det var dock något som störde henne i Sonias ögon, hon verkade nästan extatisk.

"Tja, intressant, Sonia." Jag frågade dig inte hur länge dessa sessioner brukar vara. Nej, jag säger det för att jag har en dejt ikväll och jag vill inte...

Hon tystades av ett munkavle som Sonia, mitt i extasen, stoppade det våldsamt i hennes mun, vilket gjorde henne ännu mer immobiliserad mot strukturen.

"Håll käften käring!"

Monica, nästan vantro, försökte befria sig själv, men utan resultat. Från gaggen avgav hon nästan djurläten, av okontrollerat raseri, när Sonia närmade sig henne.

Han började slicka henne, kyssa henne, knapra på varje punkt på hennes kropp.

Och det som upphetsade henne mest var utbrotten av uppror och avsky i hennes marsvin.

Under de följande fem minuterna höjde han nivån till 7 och såg hennes muskler dra ihop sig onaturligt, och svetten ökade elektrodernas ledningsförmåga ytterligare.

Monica gick från humör först till otrolig ilska, sedan till panik och slutligen ... nästan till upphetsning. Hur var det möjligt att bli tänd på en så depraverad kvinna? Dessutom berättade hans kropp i våldsamma spasmer honom något annat.

Sonia hade märkt att stringtrosan blivit blöt och log djävulskt. Han kom fram och började leka med stringtrosan för att ta bort den.

Men Monica ville absolut komma ur den situationen desperat och förnuftet segrade.

Med en otrolig insats lyckades han bryta en del av metallstrukturen och frigöra sin högra hand.

Sedan tog han bort munkavlen och började skrika med andan i halsen och slet av alla elektroder.

Sonia hittade henne framför sig och fick en spark i ansiktet som fick henne att svimma.

Monica flydde i panik med sina kläder.

I ett ögonblick av klarhet tänkte han larma polisen när han väl kom hem.

Nu är Sonia och Monica på polisstationen.

Monica hade stämt Sonia för sexuella övergrepp och berättade sanningen i varje detalj. Sonias hus var dock isolerat och ingen hade sett henne lämna i det tillståndet och ingen hade heller hört henne skrika. Dessutom var historien inte särskilt trovärdig, eftersom polisen tyckte att det var konstigt att en stark kvinna som hon blev immobiliserad av en smal som Sonia. Och då hade "behandlingen" inte lämnat några märken på hans kropp, som nu var vid perfekt hälsa.

Sonia förbannade sig själv.

Vad hade hänt honom?

Attackera henne så här.

Det var verkligen en dröm att ha henne, även för några minuter, men nu?

Monica kommer aldrig att lita på henne igen.

Hån mot följeslagarna och folkets åsikter intresserade honom inte. Det som störde henne mest var att ha tappat kontrollen och kastats in i en farlig situation.

Han kunde verkligen inte ha förutsett att den rasande besten skulle bryta en del av metallramen, men med en sådan kroppsbyggnad ...

Hon lovade sig själv att hon i framtiden skulle vara tusen gånger mer försiktig. För hon är fortfarande fast besluten att förverkliga sin fantasi.

För tillfället begränsar hon sig till att hantera den obehagliga situationen: i brist på bevis är det hon som anklagar Monica för att ha attackerat henne med en spark efter att ha nästan klätt av henne för att förföra henne. Versionen av Sonia, med sitt utseende som den typiska flickan med gott uppförande, och från en bra familj, bärs av såret på läppen som orsakats av Monicas spark, är mer sannolikt i polisens ögon som antar en attack av Monica efter ett avslag från Sonia.

Efter flera dagars utredningar, folk förhörda, slutar allt i ett dödläge på grund av brist på bevis.

Sonia släpper en befriande suck av lättnad inom sig; efter att ha antagit ett rädd och indignerat uttryck inför kommissarierna . Väl ute ser han Monica rakt i ögonen med ett ondskefullt och lustfyllt leende som för att säga: Såg du, dumma hora, vad är jag kapabel till? I hans ögon är du nästan mer skyldig än jag. Vet att du förr eller senare kommer att bli MIA ...

Monica är förbryllad.

Han inser att han har agerat naivt och hänsynslöst.

För bara några dagar sedan upptäckte hon att Robert, hennes studiekamrat, hade baktankar och kom för att spionera på henne medan hon var intim med Felix.

Och nu immobiliserar den här klasskamraten henne för att tortera henne. Som tur var hade han kraften att frigöra sig, annars ... försök att inte tänka på vad som kan ha hänt. Förutom det tillståndet av upphetsning när hon var hjälplös på den galna kvinnans nåd?

Bättre att inte tänka på det och tänka på din framtid som idrottare, gå tillbaka till träningen.

Och utan elektrostimulatorer ...

Liten parentes

En vecka efter det.

Monica delade sin version med sina klasskamrater/vänner. Många tror Monica, hon är en mycket älskad och respekterad tjej, inte bara ett föremål för avundsjuka och begär.

Sonia har inga vänner, hon är en blyg tjej. Som ett resultat bryr han sig inte om folks nedsättande blickar. Han gick tillbaka till att spela sina små lekar med försöksdjur och marsvin.

Idag planeras en dagstur till parken.

Hon kommer att vara ensam och se pojkarna och tjejerna skoja, spela spel och uppvakta varandra, inklusive Monica.

Märkligt nog den dagen, efter att ha simmat i sjön i parken, började en grupp tjejer träffa henne för att prata om det och det.

Tillsammans går de på en promenad i skogen.

När de kommer nära ett bullrigt vattenfall slutar de prata.

Sonia är skrämd av hennes osannolika vänners utseende.

"Nu ska du ha en liten lektion"

Hon bärs på vingarna, oförmögen att göra uppror, bakom en sten, rädd.

Monica väntar på henne bakom stenen.

"Allt är ditt, Monica, ge henne en bra lektion, vi kommer att stanna vid ingången för att förhindra att någon närmar sig, även om platsen är nästan okänd; om cirka tjugo minuter kommer vi tillbaka för dig; ha kul."

Sonia befinner sig i ett skräcktillstånd.

Den imponerande och vackra figuren av föremålet för hennes önskningar sticker ut en meter från henne. Men det är inte vad du vill. Sonia vill gärna ha henne bunden, på hans nåd, nu är de ensamma och bara Gud vet vad som kommer att hända.

Monica tar av sig sina shorts och t-shirt och sitter i bikini.

Han går fram till Sonia, som för ett ögonblick ser henne som en älskare och faller på knä för att beundra henne.

När han ser Monica så här tänker han inte längre, han gör gesten att kyssa hennes navel.

Som svar får han en spark i magen.

"Bli naken nu, BITCH"

Utan att förstå hans avsikter lyder han utan att tveka.

"Fullständigt"

Monica tar också av sig sina senaste kläder.

"Få inga konstiga idéer, käring, jag vill inte blöta mina kläder"

De två flickorna, nakna, är en uppenbar kontrast mellan dem; skönhet och fulhet, styrka och skörhet, sprudlande sensualitet och skamlig blyghet.

Monica drar henne i håret mot vattenfallet och kastar henne i vattnet och dyker efter henne.

Han tar henne i nacken och lyfter upp henne.

"Nu inom dessa tjugo minuter kommer jag att få en liten hämnd, kärring, och jag hoppas, speciellt för dig, att du aldrig pratar med mig igen... ah, oroa dig inte, jag lämnar inga synliga tecken för dig att rapportera mig"

Sonia tittar på sitt före detta marsvin med nostalgi och beundran.

När hon är böjd med händerna runt halsen är ögonen fulla av ilska. I försöket att lyfta henne drar han ihop varenda muskel i sin magnifika kropp.

Sonia ser Monica i all sin prakt och i all sin raseri, även om situationen är omvänd, jämfört med förra gången.

Under de kommande 20 minuterna dunkar Monica ner Sonias huvud flera gånger och pressar henne till det yttersta. Medan han håller i den slår han den också några gånger. Du måste ventilera din ilska över att ha lidit den där känslan av sårbarhet som du kände i horans hus. Och framför allt på grund av den meningslösa upphetsningen han hade känt.

Redan i detta ögonblick undrar han varför han var tvungen att klä av sig helt, baddräkten skulle ha torkat i värmen.

Och genom att vara naken och ensam med den perversa varelsen blir hon upphetsad igen.

Detta gör henne ännu mer irriterad, vilket gör att hon håller huvudet under vattnet några ögonblick längre än hon borde.

Sonia suger vatten och börjar hosta krampaktigt.

Monica stannar och samlar sig.

I dessa minuter lider Sonia fysiskt, men hon vet helt klart att Monica bara vill lära henne en läxa. Och detta lugnar henne. Och att se det odjuret i all dess raseri får henne att tänka på vad det kan göra med honom, om han är i rätt tillstånd.

"Försvinn nu"

säger Monica, lite chockad över den oförklarliga känslan hon kände precis innan.

Sonia tittar på henne, klär på sig och undrar om Monicas bröstvårtor är så upprättstående på grund av det kalla vattnet eller av andra anledningar.

Ögonen möts och Sonia har återigen det där djävulska ljuset i ögonen.

-Jag vill ha det-

Monica tänker på Sonia.

Hon går därifrån, hostande och skjuter mordiska blickar på "vännerna" i tjänst.

Monica vet att hennes vänner går med henne när hon skriker åt dem.

"Lämna henne ifred!"

Vännerna förstår den svåra stunden och drar sig undan.

I vattenfallets ensamhet finner Monica sig själv brottas med sina instinkter.

Hon är naken i vattnet; På senare tid har händelser med Robert och Sonia fått honom att förstå hur mycket deras chockerande skönhet påverkar människor.

Han känner sig nästan skyldig.

Och obekvämt.

Hon känner sig iakttagen.

Han vänder sig mot toppen av vattenfallet.

En smygande skugga flyr och drar sig tillbaka in i en buske.

Monica, fortfarande chockad över vad som hände, når med ett fantastiskt hopp snabbt busken på toppen av vattenfallet och lyckas fånga den intet ont anande "beundraren" ... Robert.

"Hur? Du igen?"

Monica är förundrad över hur mycket mer och mer hon blir föremål för oönskad uppmärksamhet.

Robert har inget att säga, den här gången vet han att han har fel och det är helt oförsvarligt.

Monica, mitt i ett okontrollerat raseri, slår honom med två knytnävar och klämmer hans nacke med kraft.

"Fy fan! Kan du veta vad du vill ha av mig? Jag vill bara att du lämnar mig ifred. Räckte inte sjölektionen för dig?"

Robert, oförmögen att reagera, är på marken. Hans älskades händer håller om hans hals när hon sitter ovanpå honom, naken över honom. Trots den farliga situationen, när han ser den där vilda skönheten, kan han inte låta bli att sträcka händerna över Monicas nakna kropp, bli tänd, nu har han inget att förlora.

Monica förstår knappt situationen, och när hon märker en omisskännlig utbuktning i pojkens boxare, stött bort av individens utseende, ger hon honom en rejäl spark i de nedre delarna, vilket orsakar honom obeskrivlig smärta.

Situationen för henne naken på en pojke på golvet, i kombination med händelserna från strax innan, framkallar återigen en konstig spänning hos flickan, nästan fascinerad av hennes kraft och styrka, och av den effekt hon har på människor.

Med kraft trycker han tanken ur hans sinne och flyr och lämnar en fysiskt förintad Robert på marken.

Det som just hände honom, den där våldsamma sparken, orsakar olidlig smärta i hans nedre delar.

Målet för hans begär är alltmer ouppnåeligt för honom, och han faller lägre och lägre

På senare tid hade han fått reda på vad som hände mellan Sonia och hans lustobjekt.

Detta stör honom mycket. Framför allt undrar han hur Sonia lyckades övertyga Monica att frysa så här. Sedan historien om elektrostimulatorer ... han skäms över sig själv av att bli upphetsad bara av att tänka på det.

Han känner en viss avundsjuka på den där märkliga smala och fula tjejen med en passion för genetik: han trodde att han hade henne, om än bara för några minuter och på ett ogudaktigt sätt.

Och hur mycket skulle han ha gett för att vara ensam med henne i det huset, med henne helt naken och bunden?

Men vad tänker han på? Nej, att tänka på dessa saker kommer bara att skada dig.

Värdig avskedsansökan är bättre.

TREDJE DEL
MONICA OCH HENNES DRÄKT

47

2018 - Sporten

Ingen som sett Monica de senaste åren, hennes kropp, vad hon är kapabel till, även i konkurrens med killarna, skulle tvivla på att hon har alla meriter för att bli en idrottare på absolut nivå. Det verkar nästan, vid 21, att han ibland överskrider fysikens lagar. Det som är förvånande med henne är att hon briljerar både i grenar där styrka krävs (som kulstötning, spjutkast) och i snabbhetsgrenar som löpning; Hon lyckas komma före svarta idrottare i rena hastighetsgrenar, vilket orsakar förvåning, beundran och till och med avundsjuka från idrottarna runt omkring henne.

Simningen gör att han kan hålla sig i form, men även i den här grenen briljerar han och lyckas hålla jämna steg med de flesta pojkarna.

Disciplinen där han lyckas kombinera allt med exceptionella resultat är stavhopp, så mycket att han fokuserar mer på den specialiteten, med lite ånger för att han inte kunde tävla i alla grenar (vilket han lätt skulle kunna göra).

Hennes förhållande med Felix tog slut för länge sedan, trots attraktionen hon kände kunde hon inte stå ut med hans svartsjuka; å andra sidan förstår hon, när hon ser sig själv i spegeln, att ingen man kan sluta beundra henne. Men det är bättre så här, i det ögonblicket mår hon bra av sig själv och fri.

Bara ur professionell synvinkel saknas något. Det är sant att hon förbereder sig för de olympiska spelen, som redan är ganska känd, att hon har blivit föreslagen att gå, posera för kalendrar ... ändå känner hon sig nästan instängd av det där livet med träning och racing.

Skulle vilja ha mer tillfredsställelse.

Superhjältens födelse

En söndag som alla andra, efter att ha tillbringat en lördag på ett diskotek med vänner och en underbar kärlekskväll med en pojke hon träffade samma kväll, tittar hon på tv och fascineras av en serie där tre vackra tjejer klär ut sig i en tight. kostym och ... de stjäl.

Monica har inga ekonomiska problem, även om hon inte seglar i guld, men hennes vilja att prova nya känslor råder.

En natt tar hon på sig en tight mörkgrå baddräkt.

Du bär den utan någonting under.

Förbered även en ansiktsskydd, som också är tättslutande.

Ditt första "uppdrag" är att utforska staden.

Hur gör man det utan att bli sedd?

Hans atletiska förmågor kommer till hans hjälp ... och det gör hans axel också.

Från fönstret i bostaden, klockan 2 på morgonen, kommer hon ner tyst utan att bli upptäckt, också hjälpt av färgen på kostymen.

Även om han inte kan ses bra så här, bestämmer han sig för att korsa de mindre trånga områdena.

Tak är de enklaste ställena att få allt under kontroll.

Monica är nöjd med sig själv: idén att hoppa från tak till tak med hjälp av en stång, förutom att låta henne ha situationen under kontroll, gör att hon kan träna ännu mer (som om hon behövde det).

Efter första natten av patrull kommer fler, men än så länge verkar det mer som en lek.

En natt inser han att en grupp kriminella bryter sig in i en stormarknad.

Sunt förnuft säger att du ska varna myndigheterna ... men ditt mod råder.

Med ett fantastiskt hopp landar han på taket till snabbköpet.

Han smyger ner genom ett fönster för att se fyra män i skidmasker tömma lådor.

Hon vet inte varför hon kom in där, vad kan hon göra nu? Kanske bara nyfikenhet eller lust att testa dig själv.

Hans rörelser underlättas av det faktum att lamporna är släckta och brottslingarna inte är medvetna om hans närvaro. Men något oväntat händer: den som verkar vara chefen säger något till sin partner, som går till instrumentbrädan och tänder alla lampor: han har uppenbarligen märkt hans närvaro.

Med hjärtat i halsen hukar Monica bakom kyldisken och försöker snabbt vinna utgången.

En av de fyra ser det!

"Hej, sluta..."

Monica försöker fly från mannen och hon lyckas, eftersom hon är väldigt snabb; Hon bestämmer sig för att gå tillbaka till fönstret som hon gick in genom, hon har redan placerat flera meter mellan henne och mannen, när hon runt ett hörn möter chefen och en annan, båda med en pistol riktad mot henne.

"Spelet slut"

Nu är det fyra omkring henne och Monica förbannar sig själv för sin hänsynslöshet och dumhet.

"Säg mig nu vem du är och vad gör du här, under tiden, med händerna på huvudet"

Nu när Monica är med händerna ovanför huvudet framhäver den snäva jumpsuiten hennes slingrande former, hennes fylliga och fasta bröst, hennes skulpterade skinkor, hennes muskulösa armar, det faktum att hon är rädd, mer än tröttheten av att springa, får henne att andas snabb och andfådd. Känn mobbarnas ögon på henne.

"Du är en kvinna, va? Intressant, nu när jag riktar den här pistolen mot dig, ta av dig den söta kostymen, börja med ditt ansikte, jag vill se dig i ansiktet."

Monica vet inte vad de ska göra ... tjuvarna har skidmasker, kamerorna är inget problem för dem, men hon ... hennes igenkända ansikte, hennes foto i tidningarna, hennes förstörda karriär, förlöjligande av människor .. är förstenad och oförmögen att tänka klart.

"Tja, vid det här laget... ni två, håll henne hårt."

De två närmar sig henne och tar hennes armar och håller dem stadigt bakom hennes rygg; hon fruktar det värsta.

"Boss, hon är lite längre än oss, och titta på hennes armar... vore det inte bättre att binda upp henne?"

"Nog, kom ihåg att vi är fyra och att hon bara är en kvinna, feg"

Chefen närmar sig med pistolen spetsig och gör gester för att ta bort masken.

Monica, vid det här laget, följer sin instinkt, sträcker ett starkt knä mot de nedre delarna av mannen, kastar med kraft de två som höll henne mot väggen och tar bort dem som två kvistar. Sedan tar han tag i chefens ömma huvud och kastar det mot väggen mot rummet som riktade pistolen mot honom.

Med ett hopp är han på dem båda, han tar vapnen och knuffar dem, börjar slå och sparka de olyckliga två, vilket får dem att svimma.

De återstående två, de som håller i hennes armar, kastar sig över henne med två järnstänger. Den första neutraliseras av en spark mot näsan, men den andra lyckas träffa Monica i buken; förtvivlad ser han att flickan känner slaget och kollapsar för ett ögonblick, men på en sekund är hon på fötter och avväpnar honom. Nu är han den enda som inte är medvetslös, men är livrädd: vem skulle kunna komma på fötter igen efter ett sådant slag?

Monica tar honom i nacken och slår honom mot en vägg. Hon är själv fascinerad av hans styrka och kraft. Hon minns situationen, känslan med ryggen mot väggen, med fyra män mot sig, varav två är beväpnade, deras giriga blickar mot hennes grå kostym, medvetenheten om att vinna, de retar upp henne igen ... samma känsla som hade besvärat henne för några år sedan. Saken stör henne, hon klämmer offrets hals hårt ...

Sirener avbryter allt.

Monica inser faran med att bli upptäckt och flyr snabbt.

"Vänta ... men vem är det, den där gråklädda saken, den såg ut som en kvinna ... killar, kom hit, det ligger fyra medvetslösa rånare på marken, kolla upp det."

Monica är väldigt snabb, adrenalinet hjälper henne.

Nådde taket, använd stången för att hoppa från den ena till den andra, ljudet av sirenerna bleknar.

När han når ett glesbefolkat område, går han ner från hustaken och börjar springa i rasande fart, med en käpp i handen, mot bostaden.

Mirakulöst nog blir hon inte upptäckt och faller in i sitt rum med stor lättnad.

Hon är lite chockad, men hon är okej.

Men vad händer med henne?

Han vill förstå.

Hon går till spegeln, tar av sig masken, hon är fortfarande förklädd.

Han tar också av sig sin grå kostym och ser på sin nakna kropp; hon är svettig av att springa. Hennes minnen flyger till hennes första "patrull", sedan till mötet med tjuvarna, vapnen som pekade på henne, hennes förödande reaktion ... och för några år sedan igen ... den där elaka flickan som immobiliserar och torterar henne. Och se den tvångssläppta ... den som håller flickans huvud under vattnet, den som slår "voyeuren" Robert.

Det observeras när hennes hand går för att smeka sig själv, rullar på golvet, pressar hennes bröst hårt ... och uppnår en njutning som aldrig upplevts förut.

Hon är upprörd.

Inte ens glad.

Men han gillade att gå runt i staden på natten ...

Dagen efter att nyheterna och tidningarna pratar om historien visas en video där hon, klädd i grått, kastar sig över brottslingarna och flyr, upprepade gånger på olika stationer och på internet.

"Tjuvarna, när de tillfrågas, avslöjar hur detta" gråa spöke "kom från ingenstans och hur hans extraordinära styrka tillät honom att slå ut dem ... nu hejar folk redan på en osannolik superhjälte" "Fantastic Girl", är namnet mer populär ... vem är det? Varför gör han detta? Hur kan det vara så starkt? Alla frågor som för tillfället inte har något svar ... "

När Monica läser artikeln ler hon och vet att de inte kan spåra den tillbaka till henne.

Fantastisk tjej gillar...

Naturligtvis kommer polisen att leta efter henne, hon är fortfarande någon som inte respekterar lagarna, går ner genom fönstren i stormarknader på natten och tar rättvisa på egen hand ...

Han bestämmer sig för att vänta några veckor innan han "går ut" igen.

December 2018 - The Capture

Det har gått några månader sedan Fantastic Girl föddes.

Monica är förvånad över att en extern kommitté på campus har samlat en serie 16- till 35-åriga tjejer, med stor fysisk styrka, mer eller mindre av samma längd och hy.

Utnämningen är på friidrottsplanen där en rad tjejer görs så att de en efter en kommer in och sätter sig i ett rum, växlar några ord med en dam och går direkt efteråt.

Monica är förbryllad, men kommer tyst in i rummet.

En kvinna i femtioårsåldern sitter i stolen med en konstig mobiltelefon på bordet (hon har aldrig sett den modellen förut).

Nu känner han igen kvinnan sedan han hade sett hennes förhör för episoden med Sonia.

Efter att ha observerat Monica från topp till tå med en konstig blick, frågar han henne information, namn, adress, ålder, etc...

Den sista frågan överraskar henne:

"Känner du Fantastic Girl?"

Monica är otrogen, vad är det för fråga?

Efter en stunds obeslutsamhet:

"Jaha, jag vet att hon är någon sorts superhjälte som nyligen "bevakar" staden ..."

Damen avbryter henne.

"Tja, ja, faktiskt är hon användbar för samhället, även om hon fortfarande är fredlös; det är därför polisen skulle vilja förhöra henne, men hon verkar inte särskilt benägen att bli arresterad; det är synd, polisen skulle gillar att samarbeta med henne ..."

"Jag förstår, men varför kom du hit?"

"Det är enkelt, den lilla informationen vi har om Fantastic Girl är att hon är en kvinna, att hon är stark, lång, atletisk och verkar i den här regionen ... låt oss säga att vi tar data om potentiella hjältinnor, inget att oroa sig för ... "

Damen tittar på mobilen.

"Är du en fantastisk tjej?"

Monica antyder ett falskt leende.

"Men låt oss inte skämta, naturligtvis inte!"

Damen tittar på mobilen.

"Okej Monica, du kan gå."

Monica är orolig, även om de inte har några bevis för att hitta henne.

De senaste månaderna har hon alltid varit försiktig.

Hans patruller var mycket diskreta, först när han stötte på något allvarligt, som rån, rån, våld, ingrep han snabbt och dödligt: han minns inte hur många rånare, våldtäktsmän och rånare han hade slagit ut relativt lätt.

Flera gånger sprang hon in på polisen, vars syfte dock var att gripa henne, men hon flydde snabbt.

Poliserna förföljde henne i alla fall som ett sätt att tala, mer av plikt; en sådan i stan passade ju för dem. Av denna anledning verkar det ännu mer konstigt att någon "utomstående kommission" bryr sig om att förstå vem Fantastic Girl är.

Och då verkade den damen väldigt, för säker på sig själv.

Nåväl, hon skulle i alla fall aldrig ha gett upp det livet: det var för mycket tillfredsställelse, för mycket adrenalin varje gång hon tog på sig den där kostymen.

De senaste månaderna har han intensifierat sin träning avsevärt och förbättrat ännu mer (som om nödvändigt) sin styrka och framför allt sin elasticitet.

Han visste inte att hans kropp kunde gå så långt, han hade upptäckt mer dold potential, utvecklat muskler i områden han aldrig föreställt sig.

Och när hon tyst steg ner från hustaken för att överraska brottslingar och slå ut dem, trots att klokheten antydde något annat, föredrog hon alltid att bli upptäckt, för att sedan visa sin styrka och slå ut fyra eller fem samtidigt. De olyckligas förundran, deras rädsla och medvetenheten om deras makt orsakade honom konstiga känslor, liknande dem han hatade när han var med Sonia eller Robert.

Ikväll var som alla andra.

Tjuvar i ett köpcentrum.

Det finns ingen skugga av en polispatrull.

Det är deras ögonblick.

Han går in och i mörkret ser han sju beväpnade män.

Den här gången blir det svårt, men han har redan tagit ner fler av dem med sin extraordinära styrka och smidighet.

Och så händer det.

När han dyker upp från ingenstans, fångar han de sju männen av vakt och slår ut dem med lätthet.

Men han hade inte sett den åttonde, som hade sett scenen från ovan.

En pil sticker i hans arm; ingen hade någonsin slagit henne. Efter två sekunder är du redan medvetslös.

Den kvällen verkar polisen inte ge kredit för att de "fångade" Fantastic Girl, så mycket att de redan diskuterar möjligheten att inte avslöja att hon redan var medvetslös på marken för att ta åt sig äran och gå som hjältar.

De lägger i alla fall handbojor på henne och tar henne till cellen i väntan på att bli förhörd dagen efter.

Monica vaknar i sin cell, handfängsel, i sin kostym och ... utan mask.

Hon är arg, men på sig själv. För självsäker och lätt i skådespeleriet, för säker på sina gymnastiska egenskaper.

Nu kommer hennes identitet att avslöjas för pressen och tyvärr kommer många saker att förändras för henne.

Jag kunde höra vakterna bråka.

"Efter att bilderna på Fantastic Girl har publicerats kommer pressen att sprida historien om hur vi fångade henne; jag har redan ringt en journalistvän, bilderna finns i arkivet. Jag tycker lite synd om henne; men under tiden efter vad som hon gjorde för staden, kommer ingen domare att våga döma henne, inte ens betala böter. Det enda är att nu vet alla vem hon är. Monica G. är Fantastic Girl, vem skulle ha trott? Visst, nu förklarar vi fysisk styrka ...

Hej, sluta, vem är du? Ingen kan komma in här... "

En duns. Ett slag. Ännu en duns.

Sju män i blå kostymer går in beväpnade och öppnar cellen och riktar konstiga vapen mot den. En pil slår mot henne och hon svimmar.

Dagen efter i tidningarna :

"SENSATIONELLT: Fantastic Girl visar sig vara löftet om världsfriidrotten Monica G., som av alla nästan anses vara en utomjording för sina atletiska gåvor, inte minst för sin skönhet. Men på fångstdagen lyckas hon fly på något sätt, kanske med hjälp av medbrottslingar. Faktum är att hon neutraliserade två vakter och flydde. Ingen hittar henne, hon dök inte upp för träning. Polisen har redan utfärdat gränslarm. Sanningen är att, innan hon var en hjältinna älskad av alla, efter att ha dödat två officerare är skyldig till mord ... "

FJÄRDE DEL
ROBERT OCH SONIA

2018 - Karriär, medverkan

Vem har inte fantiserat om att vara CIA-agent?

I den kollektiva fantasin är det de som är avgörande för händelser av vital betydelse som terrorism, attackförsök m.m.

I filmerna behöver man till exempel inte ens prata om det längre.

Agenter, män eller kvinnor förberedda på vad som helst, mer fysiskt och intellektuellt begåvade än andra, moraliskt oflexibla och lojala mot sitt hemland.

Tyvärr (eller lyckligtvis, beroende på din synvinkel) är saker och ting väldigt olika i den verkliga världen.

"Gruppen", i första hand, har inget namn och är inte känd för vanliga människor.

Visst, CIA finns, det gör många av de aktiviteter du ser i filmerna.

Men den som verkligen kontrollerar allt kan inte vara där för alla att se.

Och den som arbetar där är allt annat än moraliskt oförgänglig, ja, motsatsen eftersträvas.

Men låt oss ta några steg tillbaka.

2017 - Rekrytering

Sonia är inte deprimerad, hon är "på is", väntar på en gynnsam situation.

Efter nonsensen med Monica undviker folk henne, till skillnad från den berömda atleten i staden.

Det går inte en dag utan att förbanna den där jäkla torsdagen han bestämde sig för att bjuda Monica.

Naturligtvis upplevde han den dagen också den största känslan i sitt liv ...

Med tanke på den diskriminering hon utsattes för fick hon också kämpa för att hitta arbete; det är därför hon är förvånad över intervjun som ges i ett konferensrum på det bästa hotellet i staden; han vet inte vad det är eller vad företaget heter.

"God morgon Sonia"

"Hallå".

En kvinna i femtioårsåldern hälsar henne självsäkert, med ett konstigt ljus i ögonen.

"Hur känns det att betraktas som en pervers sadistisk lesbisk av medborgarna?"

"Jag... jag gör inte..."

"Åh, Sonia, det är meningslöst att förneka det. Titta, jag var närvarande vid tidpunkten för klagomålet, när jag fick reda på vad klagomålet var, sprang jag till den här staden och deltog i ditt förhör. Titta, du var väldigt smart på att att förneka och hitta på den historien. att DU avvisade Monica och hon slog dig. Men jag hade det här..."

Ett föremål som liknar en mobiltelefon.

"Se, detta objekt indikerar utan möjlighet till fel om en person ljuger eller inte ... och Monica ljög inte, jag försäkrar dig"

Sonia var arg.

"Titta, jag vet inte vad han vill av mig, dessa eländiga bedrägerier lämnar mig likgiltig; hans historia håller inte ens; om det var som han säger hade han behövt ingripa och arrestera mig efter förhör istället för att släpper ärendet i brist på bevis"

"Och varför skulle jag behöva det?"

"Men ... jag är ledsen, är det inte från polisen? Vad vill du mig?"

"Gör dig bekväm, tjejen, nu ska jag berätta vem jag är och vad jag vill; jag är väldigt intresserad av dina kunskaper om genetik, förresten... ah, berätta om dig själv"

På ungefär trettio minuter rensar det upp allt.

Gruppen styr världens öde. Han gör det med en osynlig hand. De medel och anläggningar som den äger är hemliga. Som den avancerade tekniken de har, inklusive "sanningstelefonen" som ses ovan. Förutom agenter utspridda runt om i världen har det ett forskningscenter som är uppdelat i flera avdelningar: teknik, fysik, genetik.

Biologi/genetikcentrum sysslar med mänskliga experiment av olika slag. Tack vare den riskfyllda sammanblandningen, operationen, elektrochocken, har gruppen lyckats skapa den perfekta soldaten, från människan: de är helt friska män och kvinnor som har vuxit sedan de föddes i laboratoriet, men med en grundläggande egenskap : lydnad blind för överlägsen; saknar olika viljor och önskningar att tjäna gruppen.

I centrum finns det många studier, alltid experimenterande, om trötthet, motståndskraft mot smärta, sexuell instinkt. Dessa experiment utförs, endast i kognitiva syften och i avvaktan på framtida utveckling, på olyckliga fattiga människor.

Marsvin väljs ut med omsorg: människor av båda könen, myndiga, friska och robusta i den mån det är möjligt att tåla olika "behandlingar". Främst väljs idrottare, soldater, fysiskt starka exemplar, till och med fångar eller prostituerade. De lyckliga används för reproduktion och tvingas para sig med andra "rekryter" upprepade gånger. Andra används för utmattningstester. Den mest oturliga för smärttröskeltest. Vissa särskilt attraktiva exemplar "beslagtas" av ledningen och används för personalens nöje.

Perfekt skapade soldater används för "rekrytering", ofelbara soldater som lyckas utföra kidnappningar mästerligt. Ämnen väljs från de övre skikten av organisationen, som den mystiska kvinnan är en del av.

Centrumchefer åldras och kämpar för att hänga med i tekniken. En renovering behövs.

Ledningen valde Sonia för två väsentliga egenskaper: biologisk-genetisk kunskap och hennes brist på mänsklighet.

"Kära Sonia, jag vet att nu verkar allt overkligt för dig. Vet att om du är en av oss kommer du att ägna ditt liv åt oss. Du kommer inte att behöva lönen eftersom du kommer att leva i strukturen. Men den bästa belöningen kommer att vara , för dig, ett fullt utrustat område för dina experiment, med så många mänskliga och modifierade marsvin på ditt kommando. Jag vet att du gillar det, skäms inte. Vi spionerade på dig medan du spelade dina "spel" med djur. Kom hit samtidigt imorgon, om du är en av oss. Om vi inte ser dig betyder det att du inte är intresserad och vi kommer att radera ditt minne av detta möte ... ja, det är klart vi kan. Om du följer med oss kommer du att försvinna och för dina bekanta kommer du inte längre att existera.Det sista: vi vill inte ha världen i våra händer Vi vill bara kontrollera att ingen har absolut makt.Detta kräver uppoffringar,även oskyldiga liv.

Adjö, eller snarare ses vi snart, Sonia.

Ah, jag är medlem 231, fråga efter mig "

Sonia har en sömnlös natt. Han har redan bestämt sig för att acceptera, men han vill njuta av sitt "nej farväl" till sina föräldrar, till sina bekanta, och tänker på hur lite han bryr sig om dem alla; hans enda ånger: kommer han någonsin få tag på Monica igen? Vem vet?

Det kommer i alla fall att försvinna utan buller ...

Nästa dag kommer han till mötet med en ryggsäck full av de där få användbara sakerna för en kvinna.

"Jag hoppades att se dig igen, Sonia. Om du har kläder i ryggsäcken säger jag till dig att det inte kommer att behövas, du kommer att hitta allt du behöver på våra kontor"

"Okej"

"Tro mig, om du beter dig kommer du att bli belönad med intresse ..."

Sonia förstår inte meningen med frasen, men hon sätter sig utan att tveka på en helikopter.

Forskningscentrets högkvarter verkar vara mitt ute i havet.

Sonia skrämmer nästan när helikoptern går ner i öppet hav.

Plötsligt, efter en radiokommunikation från piloten, avslöjas en ö för hans ögon.

Sonia är mållös.

"Döljningsanordningar, Sonia. Ön kan också stängas och nedsänkas som en försiktighetsåtgärd när rutten korsas av ett fartyg, men det har hänt en gång under de senaste trettioåtta åren ..."

En ö av drömmar, stor som en metropol.

Mycket växtlighet och grönområden.

En imponerande struktur kan ses där helikoptern är på väg.

När du zoomar in kan människor i blå uniformer ses rikta konstiga vapen mot halvnakna män och kvinnor som springer nerför en inhägnad väg i rasande fart.

"Du förstår, de blåa är genetiskt modifierade människor; de har redan fått kategoriskt godkännande att lyda villkorslöst. Just nu gör marsvinen ett drogresistenstest för att se de långsiktiga effekterna av ämnet; här finns det istället bostäderna för administrationen, som du kommer att vara en del av från och med idag, det finns bara sex personer som ska leda och driva centret, resten är modifierade människor eller marsvin. Jag ger order till de sex, jag granskar utvecklingen av utredningen och informera mina överordnade. "

Sonia träffar de andra sex medlemmarna: George och Rachel, närmar sig pensionering, ansvariga för de elektroniska/dator- respektive biologiska/genetiska delarna (som Sonia kommer att ta hand om). De övriga medlemmarna ansvarar för logistik, ekonomi och förnödenheter.

"Sonia, du kommer att arbeta tillsammans med Rachel i en månad, varefter hon kommer att njuta av sin välförtjänta pension och du ... ditt välförtjänta uppdrag."

Leende.

Du har redan lite övning.

Första dagen efter att ha "anställt" henne sätter Sonia sig in i procedurerna och utrustningen. Rachel påminner henne lite om sig själv i hur hon hanterar marsvin, kall med ett djävulskt flin.

Det förvånar honom hur alla hans djävulska fantasier är en enkel verklighet på den platsen.

Se fascinerat när en svart kvinna är kedjad vid en roterande mekanism, helt naken i solen.

Tjuden dras så att marsvinet är i spänning. Operationen genomförs av modifierade människor; vid denna tidpunkt ingriper Rachel.

"Efter operationen, eftersom den kommer att reduceras till ett halvvegetabiliskt tillstånd, kommer den att användas för några andra tester. Det är synd, jag önskar att jag hade gjort det utan behandlingen, men det är proceduren. Jag hade gärna sett hur han reagerade på alla sina fakulteter, han har en rebellisk karaktär som jag tycker så mycket om. Men du måste ha tålamod.

Havet är fullt av fiskar...

Det hade valts ut för testet att vi genomför detta svarta marsvin. Carla, heter hon, en tjugoettårig kubansk idrottare som springer 100m, 200m och dessutom tränar längdhopp, en idrottare med stor potential, vilket syns på hennes kropp. Även om hon fortfarande inte har haft en chans att bli känd, tydligen "

Sonia observerar och lyssnar med morbid uppmärksamhet på testets karaktär.

Marsvinet var immobiliserat i solen, bundet till denna enhet som fungerar som ett "spott". Hennes hjärtfrekvens övervakades med elektroder som Rachel hade applicerat på olika områden och hennes temperatur med sonder placerade i hennes vagina och anus.

På så sätt kan du se hur marsvinet reagerar på solexponering.

Testet utförs på män och kvinnor av olika raser och åldrar för att få statistiska data.

Rachel beundrar Nadias kropp: lång, smal, muskulös, utan en antydan till fett och trots allt med ganska stora bröst. Hennes händer och fötter var bundna i en X-form; spänningen i strängarna fick hans muskler att sticka ut.

Naturligtvis var hennes drag inte vackra, inte särskilt feminina, och hur som helst, inte ens som fysiker kunde hon jämföra sig med Monica ... ahhh Monica, vilka minnen, vem vet var hon är nu?

Sonia slutar tänka på Monica och ser på när Rachel kallt applicerar elektroderna och sonderna.

De är på väg att gå, men Sonia stannar några minuter till för att observera honan naken och bunden till solen, och hur mekanismen fungerar som gör att hon vänder sig långsamt.

När de första svettpärlorna bildas drar han ett finger under armhålorna, som för att kittla Carla, som blinkar, en instinktiv lust att bryta sig loss. Saken roar honom, så han upprepar handlingen och rör vid den under hans fötter, på magen, på bröstet. Det var intressant hur magmusklerna stack ut trots att hon var "tight".

Rachel ler.

"Kom Sonia, vi måste slutföra dagens prov, du kommer ha tid att ha kul efter jobbet"

Nåväl, hon hade tagit längre tid, hon hade inte haft så "bråttom".

Faktum är att hon hade märkt att Rachel inte spenderade mycket tid med tjejerna. Han föredrog att dröja vid hanarna, han rörde mycket vid dem, utan någon skam, de var trots allt marsvin.

Dagen fortsatte med regelbundenhet, Rachel förklarade arbetet för henne mer och mer.

På natten förs marsvinen till separata celler och matas.

Ledningen drar sig tillbaka till bostaden, utrustad med alla bekvämligheter.

Middag serverad av modifierade människor är utsökt.

Sonia passar lätt in i gruppen.

Medlem 231 skålar för nykomlingen.

"Nu är det dags att dra sig tillbaka till våra annex. Tja, alla har kul som de föredrar ..."

Ett busigt skratt, riktat mot Sonia.

Rachel följer med Sonia till rummen.

"Vad betydde det där skrattet med roligt? Jag förstår inte..."

"Kom, Sonia, nu ska jag förklara det för dig."

Han tar henne till en privat flygel i interneringsrummet.

"Här är marsvinen vi har valt för vår 'underhållning'; naturligtvis är de de mest attraktiva exemplaren. Vi kan göra vad vi vill med dem, ha sex, tortera dem eller bara hålla dem kedjade i rummet för att beundra dem".

Sonia observerar ett tjugotal celler.

Logistikern, en man i fyrtioårsåldern, tjock, skallig, går till en mulattkvinnas cell. Med en nick till en modifierad mänsklig hane går han in i cellen, beväpnad.

"Ikväll är det din tur, vän, ta av dig helt"

Marsvinet, med skräck i ögonen, tar av sig naken. Hon är en ung mulattkvinna, med två vackra gröna ögon. Hennes fysik är imponerande, nästan två meter långa, avsmalnande och muskulösa ben, fast tonade och naturliga bröst, en fantastisk kropp.

Sonia vänder sig till Rachel.

"WHO?"

"En tjugotvåårig dansare. Vi valde henne för att hon bodde i en liten stad och det var väldigt lätt att hämta henne; dessutom är hon vacker och fysiskt begåvad, så klart. Ikväll är det hennes tur att sätta upp med Paul: han är sadist, han gillar att använda piskan. Den är väldigt bra på att orsaka smärta utan att lämna bestående skador. I alla fall bör marsvinen den "använde" vila några dagar innan de återanvänds. Observera ..."

En rektangulär enhet som fungerar med små hjul införs i cellen; offret bands i X-form vid händer och fötter. Hon gråter. Uppenbarligen vet hon vad som väntar.

Paul går in och undersöker sakta sitt byte, kysser det, rör vid det, nosar på det.

"Luktar lite, vad fick du honom att göra idag?"

"Tio mils simning på morgonen och femtio mils löpning på eftermiddagen."

"Rättvist"

Han tar en brandpost och riktar den mot marsvinet. En stråle av kallt vatten träffar henne våldsamt. Sedan tvålar Paul henne ordentligt och insisterar på brösten och de privata delarna, medan hon förgäves försöker befria sig själv och iakttar den lille mannen med förakt och skräck.

När allt är över sköljer han av henne och beordrar de modifierade människorna att bära vagnen med den bundna dansaren till hennes rum.

Rachel går till herrflygeln.

Han stannar framför cellen hos en muskulös blond pojke. Det här är en svensk "partner", som hade oturen att ha Rachel som klient, som, som fann honom särskilt attraktiv, övertalade Member 231 att "rekrytera" honom.

Proceduren är liknande, även om han är kedjad med sina underkläder fortfarande på.

Rachel bjuder in Sonia att delta.

Pojken är lång och muskulös. De två kvinnorna tittar på honom som ett djur. Den dagen genomgick han en intensiv elektrostimuleringsbehandling i hela kroppen.

Sonia rör sig bakom honom och drar sina vassa naglar längs hans rygg, vilket orsakar instinktiva explosioner i pojken. Han gillar att se musklerna dra ihop sig med sin beröring. Han omvärderar möjligheten att tortera män, samtidigt som han föredrar kvinnor.

Rachel ansluter sig till Sonia och med sakkunniga händer börjar de retas och knapra på honom från alla håll.

Pojken är fortfarande svettig av eftermiddagströttheten, men Rachel vill helst inte tvätta honom; han gillar dem när de är lite svettiga.

När de två kvinnorna står framför honom och Rachel börjar slicka honom på bröstet, märker Sonia en omisskännlig utbuktning i pojkens underkläder.

Rachel är ingen vacker kvinna, i femtioårsåldern, men det eleganta sättet hon är klädd och hennes manipulativa färdigheter gör den svenska studen upphetsad. Sonia, tagen som av extas, upprymd, men samtidigt indignerad, ger honom en våldsam smäll och tar honom i håret.

"Hur vågar du, ditt smutsiga djur, få erektion? Du har inte fått lära dig goda uppföranden. Är det så här att behandla en dam? Nu ska jag få dig smisk tills lusten försvinner..."

Rachel avbryter henne.

"Hej, ta det lugnt, det här är MIN leksak, glöm den inte, nu tar jag den till mitt rum ..."

"Men ... men ... ok, förlåt, det är bara det att jag fick intrycket att han hade för roligt och därför ..."

"Titta, Sonia, alla är inte så sadistiska. Jag gillar att reta dem, tortera dem lite. Jag gillar ofta att tända dem, onanera dem till orgasm och sedan avbryta mig direkt i förväg. Du borde se hur de tigger, tror jag för dem är det en av de största förödmjukelserna. Men ibland får jag dem att komma. Med vem det är värt det ... ja här ... har jag också relationer. Bli inte förolämpad nu, men jag drar mig tillbaka till mitt rum med Du kan välja vem du vill, här är de enda obligatoriska reglerna: Lossa dem ALDRIG, skada dem inte permanent, döda dem inte.

Hej, ta med svensken till mitt rum.

Kom Sonia, jag vill se vad du väljer"

Sonia går nerför gången och ser många manliga exemplar av olika raser, alla väldigt långa och attraktiva.

Men hans fokus ligger på den kvinnliga vingen.

"Hmm... jag borde ha förstått att han föredrog kvinnor", tänkte Rachel leende.

Det var många tjejer och väldigt attraktiva; en med mörkt hår och ögon och en modellkropp påminner honom vagt om Monica, även om hon var mer vital, starkare och vackrare; en sorgligt ouppnåelig skönhet, till Sonias beklagande.

Då kommer något att tänka på.

"Rachel, var är den norska simmaren?"

"Tja, hon är under behandling just nu, du kan inte ta henne till rummet ..."

"Nej, här... jag skulle bara vilja se henne"

"Okej"

De går några våningar under jorden och kommer till ett rum som kontrolleras av ett dussin vakter.

Dörren öppnas.

Norrmannen är immobiliserad i en X-formad säng, med remmar på anklar, lår, midja, hals, panna, biceps och handleder.

Han har en vit jumpsuit. Olika trådar kommer ut ur dräkten i olika delar av kroppen.

"Titta, den här behandlingen syftar till att få henne att lida under lång tid, men utan att orsaka fysisk skada; för detta övervakas hjärtslag och temperatur; om värdena blir kritiska upphör den elektriska tortyren och lämnar henne att vila; det finns en kamera som filmar allt, en del av videon kommer att sändas till marsvinen som en varning.

I det här ögonblicket, som jag ser på datorn, har marsvinet precis uthärdat en kontinuerlig cykel på 47 minuter, vilket kan ses i dess tunga andetag; om en halvtimme borde jag börja igen"

"Här ... Rachel, jag skulle vilja stanna här och titta på dig ett tag; jag gör ingenting, jag ska titta på hur datorn hanterar elektriska stötar."

"Tja, Sonia, alla har sin egen smak, det är din rättighet"

"Jag skulle vilja fråga dig något..."

"Berätta för mig"

"Här skulle jag vilja klä av henne... får jag?"

"Ah, jag borde ha gissat, hur slarvigt; låt oss bara säga att kostymen hon har på sig inte har någon specifik funktion. Hon drar inte av sig eftersom syftet med den här behandlingen är bestraffande, inte för vårt nöjes skull. Ok, du kan agera hur du vill. ; modifierade människor står till ditt förfogande, kom ihåg att låta dem göra immobiliseringsoperationerna, efter att ha sagt att du kan leka med marsvinet som du tror, behandlingen är automatisk. Vad kan jag säga, god kväll, jag har en halvnaken och upphetsad svensk väntar på mig och ikväll känner jag mig inspirerad, mmm ... jag skulle kunna sätta honom genom kittlingsmaskinen ... en dag ska jag visa det för dig, Sonia. Vi ses i morgon. "

Sonia ser inte ens Rachel komma ut, hon har stirrat sjukligt på norskan i några minuter.

Nu är han ensam med henne; vakter står till ditt förfogande utanför porten.

Du vill njuta av dessa stunder långsamt.

"Jag vet inte ens vad du heter tik; Rachel gör rätt i att tycka synd om dig. Din arga blick betecknar ett humör som inte kommer att ge upp. Och visst är du stark nog att bryta stålhandbojor, även om de är felaktiga, och slå ut flera beväpnade modifierade människor; även om jag är klädd som nu kan jag se att du är smal och stark; men vi fixar det omedelbart, jag kommer att börja ta bort din topp ... "

Behandlingen startade för mindre än ett dygn sedan, så flickan har fortfarande full kapacitet.

Hon har ett glatt ansikte med fräknar, blå ögon och en vacker färg på kinderna.

Fyra vakter går in och säger åt Sonia att flytta iväg, för säkerhets skull.

"Ta bara av toppen nu, tack..."

Vakterna, med vederbörliga försiktighetsåtgärder, öppnar dragkedjan på dräkten och tar bort remmen runt midjan, och lyfter dräkten ovanför bröstet; flickan har fortfarande en vit t-shirt; det spelar ingen roll, nöjet kommer att bestå. De fäster bältet hårt runt midjan.

Nu är det bicepsremmarnas tur, de lyfter dräkten upp till handlederna och lämnar armarna otäckta; Eftersom hans biceps nu är fria, vrider han sig kraftigt; Trots att de fortfarande är totalt immobiliserade kämpar de fyra vakterna för att åter fästa remmarna denna gång på bar hud.

Den analoga operationen på handlederna utförs för säkerhets skull separat mellan höger och vänster.

Sonia förstår nu varför försiktighetsåtgärderna aldrig är överdrivna.

"De lät oss..."

Undersök marsvinet igen.

I kostymen kunde han inte säga hur muskulösa och tonade hans armar var.

Inget med Monica att göra, men hon kom närmare; Det speciella med Monica var att hon var fantastisk i allt. Detta var fortfarande vackert, men det var något ur proportion till andra delar av kroppen, som buken, som, även om den var mjuk och muskulös, inte var jämförbar med armarnas massa. Att hitta ett enda fel med Monica var svårt, men inte omöjligt.

Flickan, med en mycket ljus hy, badas i svett, hennes bröst reser sig och faller snabbt i väntan på omedelbar behandling.

En rem kopplad till flera blåsor var fäst vid hans mun, vilket hindrade honom från att tala; det var förmodligen medlet för att mata henne, eftersom behandlingen varade minst en vecka. Elektroder på handlederna.

Det kommer trådar ut från linne på bröstet; du kan se en tejp som virar runt bröstet och täcker bröstvårtorna.

Sonia börjar stryka marsvinet i ansiktet, på bröstet, på buken och känner fastheten i bicepsen. Du bestämmer dig för att ta av linne medan det är uppbundet. Hon drar upp den ur träningsbyxorna, stoppar den med svårighet under bältet och blottar sina underbara pulserande bröst. Elektroder placerades på bröstet både för att kontrollera hjärtslag och för att framkalla elektriska stötar.

Han luktar det, han svettas.

"Du har en väldigt vacker liten kropp, du vet, tik?"

Han slickar henne på naveln.

"Du är salt ... jag gillar dig"

Marsvinet har en rebellisk impuls: inte bara kommer hon att behöva lida outsägligt i en vecka, utan nu måste hon också lida av den lesbiska fördärvet?

Han ger ifrån sig ett blandat grymtande av ilska och frustration och rycker i remmarna.

Han ser på Sonia med hat och trots.

"Jag ser att du fortfarande har mycket styrka. Vakt! Dina byxor, ta av dem helt."

Vakterna är nu sex, operationer utförs långsamt och försiktigt med hjälp av extra remmar.

Operation avslutad.

Sonia förstår varför de sex vakterna: benen har en imponerande muskelmassa.

I det anala och vaginala området finns rör införda och strategiskt fixerade för att marsvinet ska kunna utföra fysiologiska funktioner under behandlingen.

Andra elektroder applicerade på anklarna.

"Vakt, jag ser att sängen har en mekanism, kan jag sprida dina ben bredare?"

"Självklart"

Skyddet verkar på kugghjul som sträcker ut benen på marsvinet nästan vinkelrätt mot bålen.

Flickans elasticitet är imponerande.

Sonia, som står mellan marsvinets ben, med händerna vilande försiktigt på hennes bara lår, stirrar på sitt byte. Hon stryker sina ben när de instinktivt drar ihop sig i ett försök att fly och ser henne in i ögonen.

"Tänker du fortfarande på att utmana mig?"

Säger Sonia och lutar sig ner för att kyssa hennes navel och mage på olika ställen.

Med kylig långsamhet lämnar han den frestande positionen för att röra sig bakom henne, alltid hålla ett finger i kontakt med hennes kropp och glida det på ett sensuellt sätt.

Marsvinet är rasande och försöker säga något genom gaggen på ett för Sonia okänt språk.

Nu är Sonia bakom henne och när hon lägger händerna på marsvinets biceps börjar hon sensuellt kyssa hennes panna, kinder, nacke och öron.

Samtidigt glider han händerna över armhålorna, brösten, masserar dem girigt och testar deras fasthet.

Marsvinet klagar i protest och försöker säga något.

Sonia går tillbaka till sin sida och ser på henne leende.

"Hej, vad har du att säga? Jag pratar inte ditt språk. Vet du vad? Jag är vanligtvis mer sadistisk, mindre söt, men ... det faktum att jag suger dig, jag är ledsen, gör dig instinktivt rebellisk till min beröring och det gör att jag gillar det så mycket ... "

och återigen kör händerna över magen och brösten.

Plötsligt avger datorn ett konstigt ljud som liknar ett larm.

Marsvinets ögon är nu fyllda av skräck och de letar efter Sonia för desperat hjälp. Av dessa detaljer förstår Sonia att behandlingen börjar igen.

Inledningsvis avger han ett rop av sällsynt intensitet, men fryser i halsen efter en sekund. Intensiteten av tortyren är sådan att marsvinet inte kan göra ett ljud.

Sonia tittar intresserat på djuret. Tortyren förblir konstant i några sekunder i hela kroppen och växlar sedan med varierande intensitet, i vissa områden, för att tillåta en fysiologisk återhämtningstid och inte minska för mycket smärtkänslighet.

När benen stimuleras kan Sonia knappt visuellt känna ett tic, en permanent sammandragning i marsvinets quadriceps; därför placeras den tillbaka mellan benen och lägger händerna på låren. I samma ögonblick som chocken börjar känner du sammandragningen av musklerna beröra dem mycket mer, trots benens läge och de åtsittande remmarna.

Nu går nedladdningen någon annanstans.

Driven av en instinkt av "medkänsla" närmar hon sig sin mons pubis med munnen, håller händerna på låren och smeker dem.

Hans tunga glider där den kan, mellan sonder och elektroder, och stimulerar den där känsliga delen. Protestrop från offret.

Titta nu på överkroppen. När den träffas av chocken drar den ihop sig, biceps och mage på ett onaturligt sätt samtidigt. Sonia kan se skönheten i hans muskler, glittrande av marsvinets svett.

I tjugofem minuter njuter han av att se flickans lidande och samtidigt beundra hennes atletiska kropp.

Då och då drar han sina giriga händer över hennes hud för att sadistiskt smeka henne, ibland nypa henne, ibland känna henne sensuellt.

När bröstet är "vilat" avtar sammandragningarna, men omedelbart börjar bröstet att resa sig och falla krampaktigt igen. Mellan dessa ögonblick fortsätter Sonia att njuta av offrets kropp genom att slicka och lukta.

Till slut går hon på gränsen över hennes lår, medan en chock träffar hennes bröst, slickar hon sig på naveln och biter henne, och finner i den handlingen ett nöje som hon inte har känt på länge, just sedan hon såg Monica, på stången, i Gym.

När behandlingen slutar samlar sig Sonia, drar en hand över flickans mage och bröst, och noterar att hennes ögon nu är uttryckslösa, även om de behåller den där känslan av ilska och frustration som Sonia tycker så mycket om. Det är klart att behandlingen börjar fungera.

"Jag njöt av att ha dig på mitt sätt, kärring. Jag tror att jag kommer att besöka dig igen nu för tiden."

En puss på kinderna.

"Vakter, klä henne väl."

En gammal vän

Det är dags för Rachel att säga hejdå.

Sonia är lite ledsen, hon blev förtjust, men Rachel lugnar henne.

"Oroa dig inte, jag kommer att besöka dig då och då för att ha kul; jag har mitt öga på en kubansk pojke, en fångvaktare som inte alls är dålig, helt naturlig ..."

Nu är Sonia ansvarig.

Medlem 231 presenteras för sitt kontor enligt order.

Han gratulerar henne, förklarar hur hennes införande har varit mer än tillfredsställande.

På tal om situationen på ön visar det sig att George går i pension, men kämpar för att hitta en värdig ersättare.

Sonias sinne fördjupar sig i hennes minnen och någon kommer genast att tänka på ...

"Medlem 231 ... här skulle jag vilja föreslå en persons namn ..."

Robert, efter djup besvikelse över Monica, hamnar i ett tillstånd av djup depression.

Sjöns olycka är känd för praktiskt taget alla. Den med vattenfallet lite mindre.

Företagen som kontaktade dig slutar leta efter dig. Föräldrar pressar honom genom att ignorera hans känslor.

Känslor för Monica som lite i taget ger vika för hat.

Robert odlar ett djupt hat mot den som avvisade honom.

Dessutom gjorde den där sparken i underlivet, som tidigare inte var särskilt kraftig och något "värdelös", honom nästan oförmögen att ha sex. Därför, eftersom han inte kan ha normala sexuella relationer på grund av osäkerhet, fokuserar han sin sexualitet på sadism.

Internet gynnar dig mycket i detta. Han brukar i alla fall betala prostituerade som låter sig bindas för att tillfredsställa hans instinkter. Genom att dominera och binda sina offer uppnår han njutning.

Det som hände Sonia ses nu med avund och avsky.

I grund och botten inser han att det enda sättet för HON att få en kvinna är att göra det mot hennes vilja. Och eftersom han inte är särskilt fysiskt begåvad... det enda sättet, du vet vad det är, blir cirkeln smalare.

Han är fortfarande ett outtalat geni, men med några klagomål från några horar som inte är särskilt tillmötesgående när det kommer till BDSM-fantasier, gör de att hans CV inte är det bästa.

Och han måste hitta jobb.

Han går nästan med uppgivenhet till den femtiofte intervjun.

Den femtioåriga damen hälsar dig välkommen till sitt arbetsrum.

"Robert, här är du, äntligen. Vi måste förbättra vår rekryteringsdivision, och även om det är sant att vi var på väg att förlora ett element som du... så var det inte tack vare ... DIG. "

Sonia avslöjar sig själv.

Har förändrats.

Förutom att hon blivit vuxen ser hon också mer avslappnad och glad ut än den Sonia hon hade träffat.

De skakar hand.

"Robert, du växte upp, men du har inte förändrats mycket ..."

Sonia berättar för sin vän alla sina växlingar, från avsnitten med Monica, till rekryteringen, gruppen, hennes jobb, till hur hon lyckas känna glädje och tillfredsställelse nu.

Robert är otrogen, men bestämmer sig för att acceptera.

Han kommer att ansvara för centrets datorer, sensorer och elektronik.

Dagen för bosättningen, hennes förvåning över att se ön är stor, ler Sonia när hon tänker på när hon hade provat samma saker.

Alla larm, kontroll, videoövervakning, maskintester förklaras för Robert.

Hans datorkunskaper, tillsammans med hans kunskaper om mekanik, stimulerar till olika idéer hos honom, som han snart kommer att omsätta i praktiken.

George är en tålmodig och metodisk lärare.

Efter en allmän introduktion besöker Robert "träningsområdet", i synnerhet poolen.

Poolen är synbart längre än en vanlig olympisk pool, djupare och med en tre meter hög kant, vilket gör det omöjligt för marsvin att fly.

Robert tittar fascinerat på proceduren: marsvinen i baddräkter närmar sig poolen, med händerna bundna bakom ryggen och anklarna förbundna med en fyra tum lång kedja (för att ge minimal möjlighet till rörelse). Elektroderna placeras på bröstet (för kvinnor under en baddräkt i ett stycke) och knyts runt bröstet. En monitor spårar din puls. De hängs upp och ner med en vinsch, deras händer och sedan fötterna släpps, vilket får dem att gå i vattnet. Idag utsätts de för ett långdistansuthållighetstest.

"Men hur kan vi vara säkra på att de gör sitt bästa?"

"Åh, du förstår, Robert - Sonia ingriper, som för närvarande är på monitorerna - det är enkelt: den senare utsätts för ett smärtsamt (men i princip ofarligt) smärtmotståndstest; den förra lämnas "vila" i några dagar. .. naturligtvis vill vi inte att samma människor ska drabbas, så vi brukar ge de svagare en kronometrisk fördel baserat på de senaste testerna ... låt oss bara säga att det är mycket efter vårt gottfinnande, det viktiga är att dessa dumma bestar de inser det inte och de pressar alltid maximalt "

Robert är förvånad över det förtroende Sonia har jämfört med för några år sedan; nu är han ansvarig för den genetiska uppdelningen; men den tycks visserligen ha bibehållit den kylan som alltid har präglat den.

Männen påbörjar sitt test som de startar var för sig, så att de kronometriska uppgifterna kan "fixas" utan svårighet.

Nu är det kvinnornas tur.

Robert märker omedelbart sina kollegors preferenser; Bland kvinnorna är Sonia den enda som har en förkärlek för marsvin och verkar inte skämmas för det. Bland män är det bara en viss Paul, en klumpig liten man, som verkar ha lika roligt med båda könen. Han hör honom tilltala Sonia och säga "ikväll skulle jag inte ha något emot att ta kubanen och dansaren till mitt rum och slå dem tillsammans; åh, för testet skulle jag vilja ha kubanen, han försökte göra uppror när jag rörde vid honom.. .förstår du? "

Sonia nickar ointresserat.

Robert slås av en simmare: brunt hår, kattbruna ögon, imponerande men slank kroppsbyggnad.

"Vem är det, George?"

"Ah, Gabriela! Hon är en komplett italiensk idrottare (simning, löpning, kulstötning) som kom för två veckor sedan. Vi ska göra flera fysiska tester för att se var hon klarar sig bättre, även om hon med tanke på hennes skönhet också skulle kunna vara ingår mellan 'underhållningen', vem vet "

Robert tittar på när de modifierade människorna placerar den för att bära den i vattnet med mekanismen. Genom att hänga antyder han ett instinktivt drag för att resa sig och dra ihop sina magnifika magmuskler. Väl i vattnet, vid avgång, startar han med imponerande fart och kraft; hans muskulatur matchar nästan Monicas, även om han fortfarande är ett steg under.

"George ... jag tror ... jag har en begäran ..."

"Ah, jag visste det! Det fångade din uppmärksamhet direkt, eller hur? Tja, det räknas ännu inte till 'underhållningen', men eftersom du är ny kommer vi att göra ett undantag, jag kommer att be Sonia att låta henne vinna, för att håll henne utvilad imorgon på natten och ställ den särskilda begäran till medlem 231. "

Dagen går smidigt.

Den första middagen på ön är också positiv för Robert, mycket hjälpt av Sonia, som får honom att känna sig väldigt bekväm.

När det kommer till att välja "offren" för natten har Robert redan en särskild begäran.

"Jo George, medlem 231, alla dessa marsvin är väldigt vackra och jag kommer verkligen att uppskatta dem. Men jag skulle vilja tillbringa min första natt med Gabriela, den italienska idrottaren, men eftersom det bara kommer att vara tillgängligt i morgon, skulle jag idag gillar att "besöka" var och en av er, så här, bara för att förstå din smak och hur "underhållning" fungerar, alltid om detta är tillåtet ... och med dig också, medlem 231, skulle jag vara intresserad av att se vad du tycka om "

Kollegor tar gärna emot.

Den första han ser är hans lärare, George.

En ung och bystig blondin (en tysk prostituerad) är bunden till sin säng halvnaken, George tar med sig en vagn med is, mat av olika slag, vin nära sängen. Uppenbarligen gillar han att ha traditionella relationer, med vissa variationer relaterade till mat och, uppenbarligen, de nödvändiga försiktighetsåtgärderna som kräver immobilisering av marsvin.

Hennes vän Sonia har en svart sprinter i sitt rum. Hon är naken, bunden i ett X vertikalt och lätt upphöjd från marken. Sonia applicerar elektroder över hela kroppen.

"Påminner det dig om något, Sonia?"

Tystnad mellan de två.

Sonia antyder ett leende. Båda förenas av en galen önskan efter en viss person. Monicas nostalgi gör dem nästan melankoliska.

Robert bestämmer sig för att lämna henne där och gå någon annanstans, för att skingra minnet av den gamla skolkompisen.

Samantha och Julia, två kvinnor i fyrtioårsåldern, inte vackra, men säkerligen omtänksamma kvinnor, med ansvar för att mata och övervaka marsvinens hälsa, befinner sig i samma rum med ett muskulöst, nakent, fast knutet till något slags gynekologiskt bord. En upprullningsanordning håller munnen öppen. Tjocka remmar på handleder, biceps, nacke, mage, lår och vrister fixerar dig säkert i sängen med benen spridda.

När Samantha famlar efter mannen som hon sakta tänder på, förklarar Julia för Robert:

"Vi har roligt så här, vi väcker honom på alla möjliga sätt, vi retar honom, vi leker med honom, för att hålla honom på gränsen till orgasm. När han är på gränsen till förtvivlan ... ja, det beror på hur bra han tigger"

Med det sagt ansluter han sig till sin kollega och börjar tålmodigt arbeta på offrets kropp. Julia verkar ha mer erfarenhet, eftersom mannen fick en märkbar erektion med sin beröring.

Samantha ser lite förbittrad ut och slår honom.

"Så du föredrar henne? Jävla hund!"

Och hon biter hans öra våldsamt, medan Julia fortsätter sitt arbete sensuellt.

Robert går till den sadistiske Paul.

En kvinna och en man, båda svarta, är bundna mot varandra, i sina underkläder. Tydliga tecken på smisk i kroppen på båda, mer hos kvinnan.

Robert säger hej, han har ingen speciell sympati för mannen.

Medlemmen 231.

Robert knackar på dörren.

"Ett huvud"

En halvnakna man och kvinna blir munkavle och immobiliserade på ett konstigt föremål, med roterande borstar, pennor, tandpetare.

"Kittlingmaskin, Robert. Jag valde ut de känsligaste föremålen, inte de mest attraktiva, som du kan se. Titta."

Kvinnan trycker på en knapp. Borstarna och fjädrarna börjar dansa på de känsligaste delarna av de två stackarna; armhålor, höfter, fötter, nacke är de mest stressade områdena.

Särskilt kvinnan vrider sig som en raseri, skriker krampaktigt.

Robert är fascinerad av allt detta.

Han drar sig dock tillbaka till sitt rum. Hans förkärlek för Gabriela nästa dag är faktiskt en ursäkt för att dra sig tillbaka till sitt rum och slå på sin gamla dator: nostalgin fångar honom, bilderna på hans älskade Monica, nu en ung och lovande idrottsman, bevaras minutiöst och besatt av honom; från de mest banala fotografiska poserna till de stillbilder som tagits under hans framträdanden.

Han kan inte glömma henne.

Du är på väg att hitta en annan video eller artikel när du hör en knackning på din dörr.

"Sonia, kom, kom in"

"Hej Robert, hur mår du?"

"Tja, jag kommer aldrig att tacka dig tillräckligt för att du fick mig att gå så här långt. Jag kommer aldrig att kunna betala tillbaka."

"Jaha, du ska veta att det är ett nöje för mig att ha en person här som jag har känt sedan gymnasiet."

De pratar som två gamla vänner, de pratar om det och det, Sonia pratar om sitt sadistiska arbete som ingenting.

Vid ett tillfälle trycker Sonia:

"Du fortsätter att tänka ... på henne. Visst?"

Som svar visar Robert Sonia bilderna på sin PC. Sonia är förvånad över att se antalet bilder av offret för hennes drömmar, uppdelade i mappar och undermappar: videor, intervjuer, artiklar, foton, sportuppträdanden.

Bara att tänka på vad han kunde göra med henne på ön får henne att flyga med sin fantasi som aldrig förr. Ett foto där Monica kämpar med stavhoppet fångar hennes uppmärksamhet: idrottaren har precis lämnat staven, hennes ansikte koncentrerat i ansträngningen, de smala musklerna spända och slingrande samtidigt, den frenetiska övre delen reser sig. Upptäck magen och alla de skulpterade magmusklerna.

Sonia flyger och drömmer om Monica på ön som ett marsvin, men en tanke griper henne:

"Robert ... du ... älskar henne eller hur? Jag menar på ett traditionellt sätt, du skulle aldrig skada henne, du skulle vilja ha henne för dig själv, om hon var ett marsvin här skulle du vilja befria henne för att visa henne din kärlek ... sanning? "

"Sonia ... du vet inte hur mycket jag har förändrats. När du växer upp och kolliderar med verkligheten, med ditt fysiska utseende, kommer du att förstå att du aldrig kan få en sådan varelse, hur kunde hon bli kär i se, min önskan om henne har inte förändrats, faktiskt starkare än förut, men det finns en skillnad.

Du kanske inte vet att sparken han gav mig den dagen orsakade mig en hel del sexuella problem; Jag är inte alls hjälplös, men jag kämpar för att ha ... här vet du vad; istället, tanken på att ha en kvinna i min makt retar mig mycket. Monica då ... låt oss inte prata om det.

Jag vill förödmjuka henne, som hon gjorde mot mig. Jag vill att han ska lida. Jag vill att han ska ångra att han förödmjukat mig. Jag vill slita henne ur världen hon känner och ha henne här för att plåga henne långsamt, utan att skada henne för mycket. Jag vill att hon ska bli en slav, ett föremål i mina händer. Men hon måste lida, rebell, jag vill höra henne skrika av ilska"

Roberts ögon lyser upp och möter Sonias.

Det magiska i situationen, mötet mellan de två, känslorna som avslöjas bryter ner barriärerna mellan de två. Nästan extatiska omfamnar de två, sedan håller de hand och tittar på Monicas foto börjar de smeka varandra.

Nu är de medbrottslingar.

De är inte attraherade av varandra. Men hans önskan går åt samma håll.

"Robert, om du visste hur många gånger jag har pratat med medlem 231 ... faktum är att hon är känd, du vet? För många ögon på henne. För många människor på hennes spår. Det skulle ta ett mirakel, jag vet inte Jag vet inte, för att få henne arresterad, eller ... bah. Poängen är att jag inte vill lura mig själv. Och vi har något att trösta oss här ändå, tror du inte?"

Robert nickar, inte särskilt övertygad.

Trevligt tidsfördriv

Robert är i sitt rum och tittar på nyheterna på tv.

Hur lång tid tar det? De borde vara här i några minuter – tycker han.

De knackar på dörren.

"Ah, äntligen"

De modifierade människorna går in i rummet med en vagn.

Gabriela är traditionellt X-bunden, med ögonbindel och med en retractor i munnen.

Som Robert beställde är hon klädd i vita trosor och linne.

De lämnas ensamma.

När marsvinet börjar dra i kopplet och undrar varför den ändlösa väntan, vänder Robert sig om med sadistiskt tålamod och tar en närmare titt på sitt byte.

Det är första gången du har hittat dina drömmar.

Marsvinet är ett praktexemplar. Nu när hon är bunden kan varje tum av hennes fantastiska kropp ses på nära håll.

Med ett finger och försiktigt börjar Robert retas och nypa henne här och där; det är skönt att se henne skaka, hennes muskler blir mer framträdande; Du kan testa deras konsistens genom att nypa och knapra på bröst- och bicepsområdet.

Butt är en hymn till perfektion, slingrande och tonad.

Robert leker med trosans resår och testar rumpans fasthet.

Han hade redan bundit några prostituerade, men alla samtyckte ändå; och i alla fall lät de sig bindas på ett mycket falskt sätt.

Nu var allt annorlunda.

Dessutom hade han inte sett en sådan kropp ännu; Visst, Monicas kropp var ouppnåelig, men denna "substitut" var ändå anmärkningsvärd. Dessutom hann han aldrig undersöka Monicas kropp noggrant, förutom vid de där korta tillfällena då hon skulle slå honom.

Nu var Gabriela där, bunden och på hennes nåd. Jag ville njuta av det ögonblicket.

Klack ... Klack ... Robert hade bestämt sig för att lägga mer stress på henne, för att minska hennes rörelsefrihet; Armar och ben väl sträckta, om än inte till gränsen.

Rass ... med sax klippa remmarna på linne, upptill.

En magnifik kista, med exponerade revben (med tanke på läget), men med fina och fasta bröst.

Upprullaren är fäst vid en stång upptill för att hålla den uppåt.

Så mycket styrka och kraft i hans händer.

Med en tandpetare sticker han hennes lår, mage, armhålor.

Hans ofrivilliga reflexer är det som tillfredsställer honom mest.

Med tiden upptäckte hon att hon älskade traditionellt sex mindre och mindre. Offrets fåfänga försök till uppror retar honom våldsamt.

Ut med trosorna.

Robert rör sig tålmodigt till sitt underlivsområde och börjar, med pincett, irriterande att dra i håret ... tac; här är ett försvinnande könshår, vilket resulterar i stönande av offret.

Han gillar att varva snabba och avgörande utbrott med långvariga och smärtsamma för offret, som börjar svettas.

Svett får Gabrielas kropp att glänsa på ett visuellt tilltalande sätt.

Robert luktar på det och slickar det överallt och går sedan tillbaka till den smärtsamma vaxningen.

I kväll förstår Robert att alla hans tidigare lidanden delvis kommer att rättfärdigas av den tillfredsställelse han kommer att få från det ögonblicket. Gabriela är det första offret för den förnedring och fysiska smärta som den sadistiske och tålmodige Robert kan orsaka.

Robert använder den olyckliga som ett marsvin och experimenterar med elektrostimulering på henne och når gränser som han aldrig skulle ha tänkt på att nå hos en människa.

Han känner sig som en Gud, med full kontroll över den vackra atleten.

Nöjet efter två timmars tortyr varvat med små spel är mycket tillfredsställande för Robert, som somnar i flera timmar.

När du vaknar upp ser du ditt marsvin utmattat från den position där hon var bunden hela natten, men reagerar fortfarande på din beröring.

Släpp kedjan som är fäst vid indragaren så att jag kan se ditt ansikte. Han kysser henne entusiastiskt, med en rörelse av avsky från offret, och sedan slår han henne ilsket och ventilerar all sin frustration över hans besvikelse över Monica.

Om han bara vore här i stackars Gabrielas ställe ... en aning nostalgi tar tag i pojken.

Under månaderna som följde arbetade Robert hårt för att hålla alla övervakningssystem och alla elektriska och mekaniska enheter som användes för både experimenten och "sessionerna" effektiva. Tack vare sin fantasi och sitt geni kan han utveckla ett mycket säkrare och mer effektivt system än sin nu gamla föregångare.

Harmonin med Sonia och den gemensamma passionen, förstärkt av deras mycket liknande smak, gör att de kan uppnå utmärkta forskningsresultat, långt bortom prognoserna för Member 231.

De hittas ofta efter middagen för att leka med marsvin, tortera, våldta och till och med förödmjuka dem.

Andra nätter finner de dock att de nostalgiskt beundrar bilderna på deras älskade Monica G.

En tortyr som de inte kan utföra, trots de otaliga avledningar som situationen erbjuder.

Årets jul 2018 närmar sig, då medlem 231 på julafton kallar dem båda till ett möte.

"Sätt dig ner kära ni. Ni har ingen aning om hur långt vi har kommit, mest tack vare er, under de senaste månaderna. Speciellt på de nya prototyperna av modifierade människor och förmågan att telepatiskt kontrollera dem via andra modifierade människor. Det var något som ingen skulle ha trott. Inte ens jag försökte föreställa mig. För att inte tala om de moderniserade strukturerna tack vare vår Roberts geni "

Robert och Sonia tittar på varandra, lite rodnade, men medvetna om att komplimangerna är välförtjänta.

"Det finns dock något som gör dem lite ledsna, alla vet det, även om de aldrig pratar om det"

De två vet inte hur de ska bemöta kvinnan.

"Tja, jag brukar inte ta arbete personligen för sånt här, men jag gjorde ett undantag för dem när de gick med och gav så mycket till gruppen."

De ser lite förvånade ut och undrar vad kvinnans ord betyder.

"Tja ... för att vara ärlig så vet jag inte om jag hade kunnat göra det, om händelserna inte hade hjälpt mig ... bland annat är det roligt att imorgon är det jul, ja, jag kan inte vänta på imorgon för att överraska dig med en present ... "

Sonia avbryter...

"Och det snittet, medlem 231?"

Julen 2018 - den vackraste julen

Monica G., aka Fantastic Girl, vaknar upp liggande på golvet i en konstig, nästan futuristisk cell; Det verkar för honom som om han är med i en science fiction-film, de vita väggarna, det svaga ljuset, ett glas genom vilket ingenting syns.

Hon reser sig lite chockad. I samma ögonblick som han inser att han har sin grå förklädnad men inte längre masken minns han allt: natten, kampen, hans seger, pilen ... och sedan igen polisen, främlingar som bryter sig in. , sedan ingenting.

Var är? Hon är instängd i en cell, men var?

Utan att veta vad han ska göra, börjar han sparka och trycka mot glaset, men utan annan effekt än att han gör ont i axeln; och säga att han tack vare sin styrka hade brutit ner flera dörrar på detta sätt, och inte på ett subtilt sätt.

Ett ljus på andra sidan glaset.

Ett dussin män i blå overall kommer in i rummet på andra sidan glaset, samma sorts uniform som du såg tidigare. De är alla beväpnade, två bär en bil med några konstiga prylar, Monica kan bara känna igen några konstiga remmar som tydligen tjänar till att immobilisera.

Äntligen, en kvinna ... vänta, han känner igen henne, hon är samma från polisstationen från Sonias tid, och samma som ställde den ödesdigra frågan "Är du fantastisk tjej?"

"Vad är det som händer här? Var är polisen? Vem är du, vad vill du mig? Jag har inte dödat någon, inte ens stulit, det här är olagligt..."

"Men hur många ord, min kära Monica, eller Fantastic Girl vad du vill. Lyssna, jag ska berätta allt senare och väldigt lugnt ... eh, eh, du kommer inte tro mig, men vi har mycket tid tillgängliga ..."

"Tid? Jag har inte tid för någon, nu vill jag ringa ett telefonsamtal, jag har rätt..."

"Ssshhhh, du förstår, min kära gymnast - hjältinna, det första att förstå är att från och med nu kommer du inte att ha några rättigheter, om du gillar det eller inte. Nu snälla börja ta av dig den där dumma förklädnaden ..."

"Hör väl på mig, din jävla hora, jag vet inte vem du är, men jag är välkänd, de kommer att leta efter mig, jag tar inte emot order från någon..."

"Eeeehhh, jag visste redan att det här skulle sluta så här, mina herrar, aktivera "uppvärmningen"..."

En man i blå kostym slår på en strömbrytare.

Ljuset slocknar, Monica kan inte längre se något utanför glaset, medan fången syns tydligt utifrån.

Inom några sekunder blir luften tyngre, varmare och andningsbar.

Monica börjar undra hur detta kunde hända, var fan är hon. Värmen blir outhärdlig, luftfuktigheten är mycket hög.

Monica är väldigt fysiskt förberedd, men efter några minuter börjar hon få andningsproblem. Men han vill inte tillfredsställa kvinnan.

Plötsligt delas cellen i två delar av metallstänger.

Området du befinner dig i förblir detsamma; i det andra området ser Monica ett slags munstycke komma ut ur taket. Vid en viss tidpunkt börjar vatten komma ut ur munstycket.

Monica börjar förstå.

Med all kraft försöker hon böja stängerna för att på något sätt passera, men förutom att bedövas av narkotiken är hon också utmattad av den plötsliga värmen.

"Du förstår, min kära gymnastikvän, du borde ha insett vid det här laget att om du vill komma till andra sidan måste du ta av dig den där dumma kostymen, du ser att stängerna kommer att finnas kvar tills du tar av den. Åh , och du vet att vi kan skjuta dig en lugnande pil när som helst och göra vad vi vill, om du visar dig dumt. Hej kom igen, nu är temperaturen över fyrtio grader, vattnet är ganska kallt, vill du inte svalka dig ? "

Monicas överlevnadsinstinkter råder över stolthet.

Inte utan några svårigheter, med tanke på fukten, utmattningen och svetten, lyckas han klä av sig helt och slänga sin "dumma förklädnad" på golvet.

Ingenting händer.

"Hej, jag blev naken, vad mer vill du att jag ska göra? Helvete!" Monica skriker med en antydan av frustration i rösten.

Efter en sadistisk väntan svarar kvinnan.

"Sätt den dumma förklädnaden i den här luckan"

En behållare kommer ut under glaset. Monica tar på sig kostymen.

Medlem 231 sniffar svetten från marsvinet i kostym.

Som svar slår en man på en strömbrytare, ribborna höjs, Monica kastar sig in i duschen och låter vattnet glida över hela hennes kropp, och ignorerar de nyfikna ögonen från hennes fångare.

Lamporna tänds igen.

Kvinnan applåderar.

"Bra gjort, ser du att du inte är så dum som ditt utseende kan antyda?"

Kvinnan börjar se sitt byte i ett annat ljus; tänker för sig själv.

"Fan, vilken fysik. Nu förstår jag Robert och Sonias besatthet av den där kvinnan. Jag tror aldrig att jag har sett ett så välgjort marsvin bland alla idrottare jag har experimenterat med på över tjugo år, till och med även om jag gillar män. "En sådan kvinna kan göra vem som helst till lesbisk. Nästan nästan ... jag skulle kunna få henne immobiliserad direkt, men låt oss se hur kampen kommer att fortsätta; Jag har inte gjort det på flera år, men jag ska få dig att tro att du kan fly ..." även om modifierade människor klagar om en av deras följeslagare skadas "

"Nu min vackra Monica, mina män kommer in och immobilisera dig, under tiden har jag andra saker att göra, snälla, uppför dig om du inte vill bli ... straffad; mina herrar, det är allt ditt, JAG LÄMNER Nycklarna TILL BYGGNADEN I HÄNDERNA PÅ KAPTENEN Ta med henne till kontoret ganska bunden på femton minuter. "

Medlem 231 släpper in de andra tio modifierade människorna, endast beväpnade med batonger, kedjor och handbojor, en i röd kostym, annorlunda än de andra.

Monica är naken, våt och utmattad av värmen, men hennes kampvana har lärt henne att utvärdera varje situation.

Räkna tio, varav den röde nödvändigtvis måste vara kapten. De tycks inte bära andra vapen än truncher. Och vad hon förstår vill de ha henne vid liv. Det är en stor fördel för en som hon. Inför den absurda situationen bestämmer han sig för att göra åtminstone ett desperat försök.

Två av dem kommer upp bakom henne med handbojor och slipsar, två till framför henne; de andra väntar med stampar redo att ingripa.

När de tar hennes armar bakifrån, håller hon dem hårt och kastar dem mot de två framför, kastar dem på marken; de två som grips av henne neutraliseras genom att våldsamt slå båda huvudena mot varandra.

Nu närmar sig fem män beväpnade med batonger från alla håll samtidigt. Med ett kraftfullt, snabbt instinktivt språng kastar han sig mot ett, avväpnar det och skaffar sig en knast. De andra kastar sig mot henne och två lyckas våldsamt slå hennes knän, vilket får henne att falla. De andra två utnyttjar och slår henne igen i buken, men hon, nästan som om hon inte märkt slagen, omringar dem med en kullerbytta.

Medlem 231 tittar på scenen från en dold kamera. Han hade skickat tio stridstränade modifierade människor beväpnade med batonger. Han bekämpade dem med imponerande lätthet. Hans hopp och sparkar var otroliga. Tre av dem blev kvar. Monica hade tappat batongen, hennes armar ännu mer dödliga. Med sina marmorben klämde han ett offer tills han svimmade, medan han med båda händerna höll resten mot marken. Han tilltalar den enda överlevande, "kaptenen".

Vad han kunde se var förmodligen mindre än hälften fortfarande i livet. Ett dödligt vapen, en hård fighter.

Den stackars mannen ger henne nycklarna darrande, sedan slår hon honom med näven som om den vore gjord av papper.

"Exceptionellt. Ta ytterligare tjugo i ..."

Medlem 231 lämnar monitorn för att gå ner.

Gruppen modifierade människor har, förutom att vara tjugo, ett nätverk som underlättar deras arbete.

Efter att ha fångat henne med nätet som ett djur lyckas de sätta handbojor på henne på rygg och vrister och sätta på henne ett slags krage.

De tar det från nätet.

"Slå upp"

Monica står framför medlem 231, ungefär åtta tum längre än henne.

På nära håll kan han uppskatta hennes kropp, fortfarande flämtande av den hårda kampen som fortfarande pågår.

En modifierad människa håller henne bunden, två andra håller hennes armar, redan handfängsel, med två kedjor vid anklarna, också bundna.

Naken och blöt.

Det som imponerar är den obotliga kvinnligheten, skönhet i kombination med styrka, ett exemplar mer unikt än sällsynt.

De där bultande brösten var så attraktiva.

"Du vet älskling, jag är definitivt hetero, jag är galen i män. Men du ... här är något unikt, skulpterade magar ... vilka armar och axlar ... och dina ben, vilken perfektion ... du" är svettig...het"

Den mörkhåriga atleten går tillbaka till när hon bands och torterades av Sonia.

Nu var han i en mycket värre situation, och inte bara för att han inte såg en utväg.

Bind upp naken Den där kvinnans ögon på henne.

Hans hjärta börjar slå kraftigt i bröstet när kvinnan börjar smeka hans bröst, mage, skinkor.

I en sista desperat ansträngning lyckas han hitta kraften att sparka med båda fötterna knutna till kvinnans ansikte, nu på marken med en blödande läpp.

"Fan min dumhet ... gå aldrig nära ett marsvin personligen. Lägg henne i sängen, använd dubbla koppel!"

De modifierade människorna, trots den numerära överlägsenheten, handbojorna, koppeln och kedjorna som redan är fästa vid Monica, kämpar långt innan de binder henne helt vid spjälsängen, binder henne för ögonen och knäpper henne med en upprullningsanordning.

"Nu är det säkert, frun"

"Bra. Håll dig borta"

Han närmar sig sängen med kvinnan bunden som en salami.

Antalet remmar begränsar något procentandelen bar hud som kan beundras, men det är en vacker syn i alla fall, och då är det bäst att vara säker.

"Du förstår, käring, ingen har någonsin sparkat mig. Nu är jag en rättvis kvinna och jag kommer inte att göra dig något, för jag måste lämna dig intakt för ... två personer du känner väl, du är ett pris till dem, du vet?" Och jag håller tillbaka Tiden kommer, kallt, då jag ska tvinga dig att betala. Som jag redan sa till dig, tid saknas inte alls"

Med det sagt tar han hennes högra bröstvårta och klämmer hårt på den.

Monica vrider sig mer av förnedring än smärta.

"Jag gillar ljudet av en naken kropp på remmarna. Ta med den till kontoret. Knyt fast den vid "dessert"-vagnen, jag fixar det själv."

Monica ser ingenting på grund av ögonbindeln, hon känner bara att hon förs någon annanstans.

En dörr stängs. Flera personers experthänder applicerar snabbt nya remmar på dig innan du tar bort de gamla. Med erfarenhet och maniskt tålamod är hon orörlig att stå.

Kallt vatten över hela kroppen.

Tvål.

Händerna på flera personer, men rusar, känner ingen lust. Det känns som ett föremål.

De sköljer bort honom.

Med samma procedur nu immobiliserar de henne i en bil, alltid hållen.

Den sträcker sig tills den kontrollerar att det inte finns någon möjlighet till rörelse.

Som om det inte vore nog, applicerar de remmar över och under knäna, på låren både i mitten och nära ljumsken, på midjan, på magen, över och under brösten, på halsen, över och under armbågar. I munnen en annan retractor med en stigande stång, den enda öppningen genom vilken den kan andas, eftersom näsan är stängd med klämmor. I ögonen en kant som, förutom att inte visa någonting, inte tillåter honom att röra huvudet en tum.

Den är obönhörligt orörlig.

Om de hade velat döda henne så hade de gjort det. Vad kommer att hända med henne? Vilka två personer pratade hon om?

Hans tankar avbryts av känslan av ett slags skum som sprayas på hans kropp.

Du drar i en strömbrytare och känner hur temperaturen sjunker.

Vi bor hos Robert och Sonia på kontoret.

"Och det snittet, medlem 231?"

Damen ler och avslöjar ett skärsår på läppen.

"Du läser väl inte tidningarna? Bättre så här, allt blir vackrare. Ah, snittet jag har? Tja, oroa dig inte, inget allvarligt, den som gjorde det kommer att ha tid att ångra sig, givet vad som väntar här. Gå nu med på att vara mina gäster på middag ikväll. Förresten, jag tog mig friheten att hämma telematiksystemen i era rum, så ni kommer inte att kunna följa nyheterna ... utan bara för ikväll. "

"Vi tar gärna emot, medlem 231. Vi ses ikväll"

Medlem 231 äter i allmänhet ensam eller med alla andra och äter sällan middag med andra.

Robert och Sonia går till sin chefs rum.

"Välkommen, kom tidigt. Jag förstår dig, du vet? Sätt dig."

Tre stolar, inget däremellan.

"Men vad...?"

"Servitörer, snälla"

Två modifierade människor går in med en vagn.

Robert känner igen vagnen: offren är helt immobiliserade och deras kroppar är överösa med mat för att lysa upp middagar på ett ovanligt sätt. Den här gången var kroppen helt täckt. Ett kylskåp höll temperaturen låg för att lagra grädden. Ett mästerverk, den här gången var de upptagna. Grädde och maräng över hela kroppen. De stora brösten var täckta av grädde med körsbär på bröstvårtorna. Ansiktet täckt med en ihålig melon och en skinka runt den. Överst ett andningsrör. En kokosnöt i mitten i ljumsken, strategisk. Och så grädde. Grädde och maräng.

Den låga temperaturen fick marsvinet att rysa, men rörelse var nästan omöjlig på grund av de otaliga remmarna som innehöll den.

Hon var helt täckt, men de kunde redan gissa att kvinnans kroppsbyggnad var spektakulär: lång, vass, men med avsevärd muskelmassa, en tonad och fyllig bröstkorg; och de hade inte sett det bästa ännu.

Kyparen tar med smält choklad.

"Tjäna dig själv"

Sonia häller varm choklad på hans mage. Offret flämtar, följt av ett "nnnggghhhhh!" kvävd.

Matgäster börjar njuta av delikatessen från underlivet.

"Skönt det här arrangemanget, vi borde göra det lite oftare"

Robert skämtar och doppar sin silvergaffel i marängen.

Efter ett par minuter är magen ganska bar. Matgäster kan uppskatta de muskulösa, skulpterade magmusklerna, men ändå slingrande och smidiga. Marsvinet är mörkhyat, men västerländskt.

Robert gillar att reta henne med spetsen på sin gaffel, vilket orsakar små omärkliga sammandragningar av magen.

Medlem 231 deaktiverar kylmediet.

"Dags att prova, tycker du inte?"

Sonia häller varm choklad över sin nu avtäckta buk. Marsvinet släpper ut ett gråt och slingrar sig mer. Trots remmarna får hans drag glasyren att falla på höger bröstvårta, på Sonias sida.

"Men titta, det ser ut som om vår lilla vän gör uppror. Titta, Robert, hon förstörde inredningen."

Robert ingriper.

"Tja, under tiden, låt oss tejpa remmarna"

Monica, genom mattäcket, lyckas höra rösterna. De där välbekanta rösterna ... nej ... det kan det inte vara. Det måste vara en mardröm...

"Var är knappen, Sonia? Ah, där är den, vad dumt"

Att höra det namnet är som ett slag mot hjärtat för Monica som i panik börjar slingra sig med all den styrka hon kan.

Den andra frostingen faller av, en del av marängen runt armarna ger vika, banden verkar lossna.

Robert trycker på en knapp.

Kopplarna dras åt tills marsvinet lugnar ner sig igen, som nu andas mer uttalat.

Ansträngningarna och svetten har smält en del av dekorationen, nu kan du se axlar, armhålor, biceps, lår, förutom buken redan exponerad.

Nu kan de två se fler detaljer om offrets kropp, uppskatta muskeldefinitionen och fastheten i köttet. De minns inte att de någonsin sett ett sånt marsvin.

"Den krämen ser aptitlig ut"

Det sätter press på Sonia och hon börjar genast girigt slicka sina bröst, följt av Robert.

Mer än att äta den utmärkta grädden, dess syfte är att upptäcka fantastiska, rikliga, fasta, runda bröst, perfekt kopplade till bröstkorgen, som kulminerar i stora, mörka och köttiga bröstvårtor.

Efter att ha lossat remmarna ovanför och under brösten observerar de hur bröstens sammandragningar gör att brösten rör sig på ett vitalt och rebelliskt sätt.

Svett börjar bildas i armhålorna.

De två passerar oroligt med sina fingrar och tunga.

"Jag vill se henne slingra sig... jag har en idé"

Robert lägger sin hand på snorkeln och stänger den.

Efter en minut börjar marsvinet röra på sig som ett raseri. Sonia biter under tiden ner på bröstvårtan på ett otäckt sätt som får marsvinet att hoppa.

Robert öppnar respiratorn.

Bröstet börjar höjas och falla frenetiskt, Robert passar på att slicka det girigt.

Upprepa spelet tre eller fyra gånger och observera att krämen redan är nästan helt upplöst.

Medlem 231 iakttar dem med nöje; han undrar om de redan misstänker något. Vid det här laget deltar han också genom att knapra på marsvinets innerlår och se dess muskler dra ihop sig. Det hade aldrig hänt honom att han ville ha en kvinna ... förrän nu.

Efter tjugo minuter av grymma spel är kroppen helt naken, förutom remmarna. Och ansiktet täckt.

Robert och Sonia stannar ett ögonblick för att beundra det.

Definitionen, slingrandet i helheten är otrolig. Ben som verkar ha marmorrumpor på sig.

"Jag måste säga att den här gången har vi nått en gräns. Jag tror inte det kan finnas en vackrare kropp än så här. Vems ansikte kommer det att vara. Bara en person kan matcha det, och du vet vem jag menar, Robert ..."

De två tittar på varandra.

Tvivlets skugga går över deras ansikten.

Medlem 231 får det.

"Gubbar, jag tror att ni vill njuta av den här stunden ensam, men först... här, gårdagens tidning. Jag föreslår att ni läser rubriken på andra sidan... sen kan ni ta bort den där dumma melonen."

Han går iväg och lämnar rummet.

De inser båda att kanske...

Deras hjärtan slog tusen.

Sonia läser högt:

"SENSATIONELLT: Fantastic Girl visar sig vara världsfriidrottens löfte Monica G., som av alla nästan anses vara en utomjording för sina atletiska gåvor, inte minst för sin skönhet. Men dagen för tillfångatagandet lyckas hon fly på något sätt. Kanske med hjälp av medbrottslingar. Faktum är att hon neutraliserade två vakter och flydde. Ingen hittar henne, hon dök inte upp för träning. Polisen har redan utfärdat gränslarm. Sanningen är att, innan hon var en hjältinna älskad av alla, efter att döda två officerare är skyldig till mord ... "

Monica hör Sonias ord och börjar gråta desperat. Nu är allt klart. Hon är naken, orörlig och utlämnad till två galna psykopater. Med desperationens kraft, gråtande, drar hon onaturligt i remmarna och lyckas bryta de som omger hennes högra armbåge.

Robert trycker på "nödknappen" och ytterligare remmar dyker omedelbart ut ur mekanismen, vilket oåterkalleligt immobiliserar marsvinet; nu kan du se hennes förtvivlans tårar under melonen.

Robert och Sonia närmar sig marsvinet, torkar långsamt av den lilla maten som finns kvar på kroppen med servetter, förblir sadistiskt kvar på alla områden som är känsliga för beröring, medan hon vrider sig i förtvivlan.

När han inte längre orkar gråta tar de hand om melonen och röret och avslöjar hans ansikte och ögon.

Monica har redan fått det, men att se dem i ansiktet är som ett hugg. Hur kunde det hända? Hon kommer aldrig att förlåta sin egenhet att vara en superhjälte

Sonia och Robert tittar extatiskt på henne. En dröm som går i uppfyllelse.

Monica, i hans närvaro, försvarslös, men med all sin kraft. Din fysiska styrka hjälper dig inte. Nu tillhör det dem.

Som besatta börjar de kyssa henne i ansiktet, på öronen, smeka henne med förnyad lust; medan Robert tar hand om ansiktet, brösten, glider Sonia, med nervös tunga och fingrar, över buken, låren, skinkorna, könsorganen.

Monica börjar skrika i panik och frustration, remmarna spända i "nödläge" hindrar henne från att röra sig, hon har svettats i flera minuter och inte av fysisk ansträngning.

"Släpp mig! Fan, vad vill du mig? Din mask, vi har studerat tillsammans i flera år ... nej ... nej ... sluta ... försök inte, du vet ... aaaaahhhhhhhh !"

Robert, efter att ha släppt ut henne, biter irriterat hennes högra bröstvårta och drar sig upp, smärtsamt för det stackars marsvinet, medan han med handen klämmer ihop den vänstra.

Sonia tar hand om den nedre delen, inte utan en antydan till illvilja, medveten om "badet" som Monica hade tvingat henne att göra. Han biter, nyper, utforskar med tungan.

Monica, gråtande, andas tungt och försöker komma på en möjlig utväg.

Hon ser hans magnifika bröst glitra av svett, känner lusten från hans plågoande, deras tungor och deras fingrar glida över henne.

Hon börjar förundras över sig själv när en märklig känsla tar över henne; meningslösa ansträngningar att befria sig själva präglas av gutturala, nästan djuriska ljud. Remmarna i nödläge, även om de är säkrare, tillåter ett minimum av rörelsefrihet, eftersom de är mer elastiska; På så sätt har Mónica möjligheten att tvinga dem och framhäva hennes imponerande muskler, med stort tack till Robert och Sonia. Hon vet att hon inte har en chans, men hon fortsätter att dra, som ett djur, nästan ... nästan som om hon gillar att de två ser henne i det tillståndet. Nej, det är inte möjligt.

Efter otaliga ryck åtföljda av morrande märker Sonia ett omisskännligt tecken på marsvinets upphetsning.

"Hej Robert, kom och se den här lilla tiken ..."

Robert sätter ett finger i det offensiva området.

"Men se, vem skulle ha trott det"

De ler mot det immobiliserade offret, som försöker dölja rodnaden på kinderna.

Monica, som desperat försöker avfärda tanken, börjar skrika.

"Hjälp... Hej, kan någon höra mig? Ni två har väldigt konstiga idéer, fy fan, om jag någonsin kommer loss så låter jag er inte resa mig igen som jag gjorde de senaste gångerna"

Medlem 231 kommer in i rummet med tio modifierade människor.

"Gubbar snälla ... vi har gott om tid för det. Låt nu de modifierade människorna ta henne till hennes cell, och låt mig byta några ord med henne ... du är trots allt min gäst, din smutsiga kärring."

Dra ett finger över hennes mage för att nå hennes bröstvårta och klämma.

Monica slingrar sig och håller en stolt, trotsig blick på kvinnan.

"Du och jag måste ha en konversation om vem som är ansvarig här och vem som INTE ska få se på mig på det sättet."

Han säger att det är svårt men kontrollerat.

De modifierade människorna följer med bilen.

FEMTE DEL
MONICAS KROPP - FANTASTIC GIRL

Vi presenterar det nya marsvinet

Det är mycket spänning på ön. Alla vet att det finns ett nyförvärv. Det är en ganska vanlig företeelse, men den här gången verkar det som om saker och ting är annorlunda. Dels för att alla vet vem Monica G. är, hennes atletiska skicklighet, hur hon fångades, som superhjälte; Efter nyheten om tillfångatagandet gick alla för att se bilder på kvinnan på Internet, tagna från sportartiklar eller från videor där hon deltog i stavhopp. Framför allt undrar alla varför hon inte ingick bland marsvinen som alla andra. Detta orsakar ett litet missnöje på ön, så medlem 231 kallar Robert och Sonia till hans kontor.

De två är fortfarande i chock över att fånga sitt lustobjekt.

Sonia tar ordet.

"Det här ... medlem 231, vi vet verkligen inte vad vi ska säga ... att säga tack är litet"

Tårar av glädje i hennes ångestfyllda ögon, nästan vantro över den nåd hon fått.

Robert extatisk, oförmögen att prata.

Nu kan de hämnas på den som förödmjukat dem tidigare och samtidigt få det när och när de vill.

De tvås fantasier flödar, förnyade av vad de alltid har velat, möjlig tortyr, kraftprov, till och med att hålla henne naken och bunden i rummet för att förödmjuka henne.

Medlem 231 stoppar de tvås raving.

"Gubbar, först och främst, ni har inget att tacka mig för. Att ha ett exemplar som Monica här var något vi hade väntat på länge. En sådan här möjlighet dök upp med hennes "dumhet" att bli superhjälte med vad han gjort det enkelt för oss.Anledningen till att du inte behöver tacka mig för någonting ... är att ALLA på ön kommer att kunna uppskatta ... dina egenskaper, plus att det finns många tester - experiment som kräver en hona med dessa egenskaper"

De två hade aldrig övervägt det ur denna synvinkel och en touch av ilska - avundsjuka fångar dem.

Sonia, lite rädd, ingriper.

"Men ... ja ... med all respekt, men att använda en hona ... eh ... marsvin med denna potential för vissa tester verkar vara ett slöseri ..."

"Åh, men du menar skadan det kan ta ... vet du vad? Du har praktiskt taget slutfört den 'regenerativa maskinen'; tja, se det som ett incitament att påskynda dina förberedelser; och kom igen, du kommer fortfarande att har det. Robert, du gör upp så dyrt. Vi är sex, mer än en gång i veckan kan du "leka" med henne, kanske till och med med din kollega ".

Robert och Sonia känner sig lite kyliga av sin första överväldigande entusiasm, men de inser den situation de befinner sig i.

"Låt oss uttrycka det så här, du har två dagar på dig att färdigställa maskinen, så ... ja då måste Monica gå igenom händerna på vår Paul, piskans älskare, och även genom mina händer, eftersom hon och jag har ouppklarade affärer."

Monica tillbringar natten i sin cell. Om det inte vore för fysisk trötthet skulle jag inte kunna sova; för många frågor i hans huvud om var han är, vad som väntar honom i framtiden. Vad är syftet med dessa människor? Vad kommer de att göra med henne? Överleva till? Både förnedringen och den fysiska smärtan skrämmer henne. På det fysiska planet har han aldrig haft problem med att uthärda smärta och trötthet. Men vad var den där känslan av övergivenhet och lättnad som inte hade fyllt henne när hon var naken och bunden i händerna på dessa två?

En knackning på madrassen väcker honom, hon är klädd i en ljus kostym.

"Vakna kära, mitt egensinniga marsvin."

Monica inser att det inte är dags att göra uppror och säger inget respektlöst till medlem 231.

"Stående".

Hon lyder.

Medlem 231 bör normalt vid denna tidpunkt beordra de modifierade människorna att komma in, immobilisera hennes händer och fötter, sedan ta henne till gymmet, träna henne, hålla henne i form; Som det viktigaste nu för tiden är att bedömá dess potential och för vilket syfte den skulle kunna användas.

Det normala förfarandet förutser att marsvinet, efter en morgon av arbete i gymmet och poolen, matas, får vila ett par timmar och sedan ombeds utföra en specifik träning som kan vara löpning, elektrostimulering, simning eller specifik förbättringar. Därefter en sista dusch, middag och för de trevligaste exemplaren en kväll med en av öns medlemmar för att "pigga upp" vistelsen. Uppenbarligen övervakas alla träningspass för marsvin av minst fem modifierade människor; Marsvin är alltid immobiliserade eller placerade på platser där de inte kan göra skada (som högkantspoolen, den inhägnade ö-stigen och gymmet med barer).

Medlem 231, men istället för att gå igenom det normala förfarandet, låter sig frestas, han har inte tålamodet att vänta på sin kväll.

"Hör du, kärring, jag vill inte att mina beväpnade soldater ska slå fast dig, skada dig eller möjligen straffa dig; du ska veta att vi kan bedöva dig med elpistoler när som helst för att få din lydnad, på ett eller annat sätt; så jag hoppas att du är tillräckligt smart nog att lyda mig"

Tystnad.

"Jaha, börja jogga på plats."

Monica, lite förvånad över förfrågan, trots att hon är upprörd över stoltheten över att bli kallad "kärring", börjar jogga.

Hans trav på golvet i rummet är lätt och utan svårighet.

"Tja, höj knäna lite högre"

Det gör det.

Efter fem minuters lätt jogging känner Monica inte det minsta trötthetstecken.

"Lyft dem högre"

Monica ser ut som en fjäder, hon har inte det minsta svårt. Det är imponerande hur den kombinerar kraft med grace och elasticitet.

Dina ben är ett med din kropp i rörelse.

En perfekt helhet.

"Stopp, andas lite"

Monica passar på att hämta andan (även om hon inte behövde det).

Medlem 231 märker inte en svettdroppe på marsvinets ansikte.

"Push-ups, Monica; börja armhävningar; fötterna ihop och kroppen rak; sluta inte förrän jag säger det"

Börjar.

Perfekt.

En imponerande anläggning.

Efter ytterligare fem minuter visar det inga tecken på att avta.

Medlem 231 måste gå på toaletten.

"Kaptenen kommer att kontrollera att du fortfarande gör armhävningar; jag kommer genast tillbaka; ah, snälla sluta inte och sakta inte ner, annars ... ja, vi kommer att hitta något smärtsamt att göra rätt bort, kärring."

När kvinnan går iväg fortsätter Monica med övningen. Nu ångrar han något att han svarat kvinnan fel dagen innan. Men han vet att han handlade på sina instinkter och hans stolthet förblir intakt.

Medlem 231 kommer tillbaka från badrummet och tittar på marsvinet. Hans rörelser är alltid regelbundna och smidiga, men andningen börjar bli svårt.

Efter femton minuter, beräknar du en armhävning per sekund, kommer du att ha gjort nästan niohundra armhävningar.

Han hade sett tre tusen manliga marsvin; i alla fall, när de nådde tusen, sjönk deras tempo dramatiskt. Monica ... ja, bara en liten flämtning.

"Med dig vill jag att övervakningen ska fördubblas ... eller bättre, tredubblas; Kapten, låt ytterligare tio komma; det måste vara femton, varav fem är beväpnade. För helvete... Jag vill se dig svettas, jag " m otålig. Du, gå upp lite temperaturen "

Gjort.

Monica börjar känna sig trött, svett bildas både av utmattning och av värmen i rummet.

Någon gång, oundvikligen, börjar det sakta ner.

Medlem 231 är nöjd med det erhållna resultatet.

"Tja, grattis, stå upp"

Monica andas tungt och reser sig upp.

För henne var det en uppvisning i träning, men inget särskilt krävande; bara temperaturstegringen störde honom.

Det här är ögonblicket du har väntat på.

"Ta av dig kläderna".

Motvilligt gör han det. Ut med toppen av kostymen.

"Helt, jag vill ha dig helt naken"

Gjort.

"Benen isär och händerna ovanför huvudet."

Den här visionen har hon aldrig sett förut. Ändå hade han under alla dessa år sett många idrottare, flera svarta; svett får deras vackra former att lysa.

Inifrån cellen gör Mónica vad som beordras för att undvika omedelbar vedergällning, samtidigt som hon upprätthåller en stolt blick som bevittnar hennes inte undergivna temperament.

På en signal från kvinnan går tio modifierade människor in i cellen och immobiliserar henne med dubbla remmar (som beställts av kvinnan) till en bar med krokar som har dykt upp från cellens tak, de andra fem på säkert avstånd med bedövning vapen pekade.

När hennes handleder sitter fast i taket har Monica fortfarande benen fria och vet att hon kan slå ut minst fem eller sex av dem; men hur ska man hantera andra och speciellt med beväpnade män? Så det gör också att dina anklar kan knytas till marken. Hon är nu X-bunden stående.

"Dra upp det lite."

Kaptenen styr baren med en fjärrkontroll genom att föra den närmare taket. När Monicas fötter är fyra centimeter från marken och hennes rörelser är begränsade till en viss gung, stannar mekanismen.

Medlem 231 är förundrad.

Han går långsamt fram till Monica i kedjor och sniffar henne.

Din svett är behaglig för lukten. Brösten har efter ansträngning en vacker rosa färg; bröstet reser sig och sjunker och visar kvinnans alla djuriska kvinnlighet.

Tungan i armhålorna. Monica, som hade försökt förbli orörlig för att inte tillfredsställa kvinnan, rycker okontrollerat och rycker i remmarna, till medlem 231:s uppskattning.

"Mmmm, är det möjligt att du är kittlig? Vi får se, vi får se, kanske en annan dag. Låt oss vara ifred nu."

De modifierade människorna drar sig tillbaka. Monica undrar vad kvinnan vill ha av henne. Han vet att han inte borde ha skadat hennes läpp, nu täckt med ett bandage. Han gör en instinktiv gest och börjar dra i remmarna, som dock, delvis elastiska, absorberar hans ansträngning oskadd och utan att ge efter. Sedan förnyar han envist sin insats genom att böja sina armar och ben precis tillräckligt för att få mer hävstång.

"Hej ni, kom tillbaka hit ett ögonblick! Snabbt!"

Modmänniskor är tillbaka med ett fantastiskt lopp.

"Jag vill att du lägger till fler remmar; du bör vara extremt säker, även om du aldrig skulle kunna bryta dem ändå, käring."

Monica är upprörd, men behåller sitt uppförande och visar inget avvisande. Det skulle verkligen ha varit omöjligt att bryta sig loss, men kvinnan är väldigt rädd för honom, efter den tidigare sparken.

Nu är det ännu tajtare än tidigare, de extra remmarna lämnar dig med väldigt lite rörelse.

"Nu kan du gå"

Nu är de ensamma.

Medlem 231 stirrar på Monica i fem minuter och förblir orörlig. Monica säger ingenting och avslöjar inga känslor.

"Jaha, du har ett gott humör, hund."

Monica har en stolt blick och undviker kvinnans blick.

Andningen är lugnare nu.

"Du pratar inte. Vad ska du säga å andra sidan? Tikar pratar inte. Du kan åtminstone be om ursäkt för mitt skärsår på dina läppar, har de inte lärt dig artighet?"

Tystnad.

Vid beröring av kvinnan på den muskulösa buken hoppar Monica.

"Ah, men där är du. Lyssna fräck, om några dagar har jag dig hela natten. Jag vet inte var du kommer ifrån, hur kan du vara så vacker och stark på samma gång? Ibland har jag tänkte att det inte kan finnas någon sådan här på den här planeten. Åh, men oroa dig inte. Jag kommer att få dig att lida. Fysiskt. Och då ber du mig att förlåta dig. "

Nafsa buken runt naveln, slicka brösten och bröstvårtorna. Det verkar som en dröm. Han biter ner på hennes vänstra bröstvårta och Monica rycker, mer med stolthet än smärta, och vänder huvudet åt sidan.

"Du kommer att titta ner och be mig att kyssa dig och säga att jag är din enda gudinna på jorden."

Han biter hårt på hennes bröstvårta, Monica undertrycker ett rop, men ett "nnnggghhhhh!" det slipper honom.

"För idag är det bra, men det slutar inte här ... vi ses snart igen; du vet, jag har kommandot på denna ö som världen glömt."

Monica, vid ordet "ö", har ett ögonblick av panik. Dina chanser att fly är praktiskt taget noll om du är på en ö.

För nu är hon stolt över att hon inte har dukat under för kvinnan.

De modifierade människorna återgår till sin dagliga rutin och dagen går smidigt.

Sonia och Robert arbetar ihärdigt med den regenerativa maskinen.

I praktiken är det ett jätteägg där alla som sitter inne i fem minuter kan läka från alla möjliga sår, sjukdomar och skador. Det kan inte göra något mot normalt åldrande, men att bära det varje dag kan i teorin förlänga ditt liv avsevärt.

Efter flera försök med marsvin efter att ha fått dem utsatta för mindre skärsår, brännskador, skrapsår, gick Sonia och Robert vidare och utsatte marsvinen för svåra trauman, stukningar, partiella stympningar och botade dem sedan med överraskande resultat. De slutför nu tester för att förbättra maskinens tillförlitlighet och effektivitet.

Robert testar det på sig själv. Även om han inte är skadad eller sjuk använder han den i två minuter. Väl ute känns det som att du precis har vaknat från en dags och dags sömn, helt ny, din hållning mer upprätt, din kropp mer tonad. Hon undrar vilken effekt det kan ha ... på henne. frågar Sonia honom också.

Särskilt möte.

Mötesrum med Sonia, Robert, Julia, Samantha och Paul.

Medlem 231 går in, de andra står upp som ett tecken på respekt.

"God morgon kära kollegor. Idag presenterar jag för er den efterlängtade Monica. Det finns mycket nyfikenhet hos alla, män och kvinnor. Bland oss erkänner jag att när jag ser henne utan kläder vacklar min heterosexualitet mycket. Hej, titta på den här inspelningen: efter hennes tillfångatagande såg jag henne och blev slagen av hennes kroppsbyggnad såväl som hennes ansikte, så jag satte hennes gymnastikkunskaper på prov - hon kämpar för att ge henne ett falskt hopp om att fly. Jag kan bara säga dig att hon var obeväpnad. (förutom att jag var naken kunde jag inte låta bli att klä av henne) mot tio modifierade människor beväpnade med kedjor och batonger ... ja, titta ":

Kampens film fortsätter från de första ögonblicken då hon ses omgiven, i ögonblicket för hennes attack, sedan till de slag hon får, hon som står upp som ingenting, hennes ögonblicksseger. Efter scenen fortsätter videon med inträdet av de andra tjugo som fångar henne, inte utan svårighet, tack vare nätverket, såväl som den uppenbara numeriska överlägsenheten. Medlem 231:s kampscen åtföljs av ett "Oohhh" av allmän förvåning. Sedan knöts hon fast vid spjälsängen med remmar. I slutet av videon framhäver några stillbilder några nästan onaturliga akrobatiska rörelser, såväl som hans magnifika former.

Julia och Samantha, notoriskt raka, tittar bekymrade på varandra.

"Medlem 231, du har rätt; jag känner inte min kollega Samantha, men när jag ser ett sådant exemplar kan jag byta sida ganska lätt; hej, titta när de träffar henne, hon har en galen rörelse; djur men trevlig; kraftfull men slingrande, snabb nästan omänsklig avrättning ... mmm ... vem vet hur många saker vi kan få honom att prova. "

Ledamot 231 ingriper.

"Tja, utan ytterligare pappersarbete, här är originalet."

Modifierade människor bär en bur. Inuti har Monica en lila baddräkt. Den är kedjad vid handleder, vrister och med en krage fäst vid toppen av buren, med liten möjlighet till rörelse. Bandagerad och med refraktor i munnen.

"Jag gav munkavle på henne, hon är upprorisk, jag vill inte att hon ska förolämpa mina kära kamrater. Hon har redan förolämpat mig, men jag är inte mottaglig ... ja, också för att jag vet vad som väntar henne."

Monica inser att hon övervakas av flera personer, men låtsas vara likgiltig.

Paul tar en elektrisk stinger och slår hennes högra skinka, vilket får marsvinet att flämta när hon börjar dra sig tillbaka. Kedjorna, även om de är tjocka och säkra, tillåter rörelsefrihet genom att föra buken närmare framsidan av buren; men där väntar Sonia på henne, även hon med en sting, och slår henne i buken och får henne att dra sig tillbaka.

De andra är med i leken och för Monica blir situationen minst sagt "bråttom". De retar henne i tur och ordning, från varje sida av buren, ibland med korta mellanrum, ibland med sadistiska pauser, utan att säga ett ord.

Stingersna är inte särskilt smärtsamma, särskilt för ett robust och friskt exemplar som hon, men de är väldigt irriterande och orsakar framför allt okontrollerade rörelser av kroppen, vilket erbjuder ett vackert skådespel för torterarna.

Baddräkten i ett stycke ger en färgklick till din personlighet, men lämnar ändå lite utrymme för sadistiska åskådares fantasi. Samantha uppskattar hur hennes kropp, när den rör sig, skapar mycket sensuell muskeldynamik, saker som inte kunde märkas på bilden.

Efter flera minuter börjar Monica bli arg och vrida sig som vild raseri, och glömmer att hon hade föreslagit att hålla tillbaka sina känslor och frustrationer för att inte ge tillfredsställelse till den som torterade henne.

Paul aktiverar sadistiskt stinger på insidan av låret med en långvarig verkan i några sekunder och får ett grymtande som kvävs av bettet. Bruset av kedjor som rör vid varandra och åsynen av dem som sveper in det levande konstverket är en välsignelse för sadistiska torterare.

Monica är utmattad. Hennes ilska övergår i frustration och hon kan inte hålla tillbaka tårarna. Trots detta rör stingarna henne om och om igen, obönhörligt. Nu reser och faller hans bröstkorg krampaktigt, utom kontroll.

"Sluta."

Medlem 231 beordrar marsvinet att föras till mitten av bordet runt vilket kollegorna sitter.

"Kära kollegor, här är programmet för de första veckorna: varje morgon kommer Monica att träna, hon kommer att hålla formen enligt proceduren; På eftermiddagen kommer vi att göra alla möjliga tester, speciellt första veckan; på natten, redan föreställer mig att alla vill ha det, den första svängen blir vår ... att vara min leksak, eller hur? "

Han hånar henne igen med sin stinger. Monica utstrålar ett "nnnggghhhhh" av ilska, speciellt mot ordet "leksak", utan att veta vad hon kan förvänta sig, och börjar dra i kedjorna. Eftersom hon är lite svettig ser hennes kropp ännu mer djurisk ut.

"Vi måste förbereda en kalender ... ah, förutsatt att jag, Robert, Sonia och Paul vill, ni två, Julia och Samantha? Vad tycker du? Du kan också fortsätta med pojkarna, om du vill, ingen tvingar dig"

"Titta, ledamot 231, som jag sa tidigare ... detta tror jag att jag med absolut säkerhet kan säga att vi för första gången kommer att vara intresserade av kvinnokroppen; detta överträffar alla andra marsvin vi har haft."

När hon säger det, kör Samantha ett finger från naveln till den fjättrade hundens armhåla, vilket orsakar henne en annan okontrollerad reaktion och ett kvävt "nnggrrrrr".

"Den skällande tiken biter inte; titta på hennes kropp, hon ser ut som en vilde"

Medlem 231 fortsätter.

"Så, på måndag Julia och Samantha, på tisdag Paul, på onsdagsvila (efter Paul skulle jag väldigt gärna vilja se om han fortfarande skryter), på torsdag jag, fredag Robert, lördag Sonia, söndagsvila. Jag tror att det kan vara så här första veckan. Idag ska vi ge dig ett test av dina ... fysiska förmågor, eller hur, vovve? "

Touch, touch bakifrån på skinkorna med efterföljande start av Monica.

Träningsrutin

"nnnggghhhhh"

Monica flämtar när de modifierade människorna tar bort hennes munkavle.

Nu är det utomhus; för första gången inser han att han verkligen är på en ö; åsynen av havet runt Monica får en desperat start.

Men nu måste du ta reda på vad som händer.

Det finns andra människor klädda som hon, även i olika färgade baddräkter, kvinnor i bikini eller som hon i en baddräkt i ett stycke, män, med trosor. De verkar vara fysiskt starka människor, idrottare av olika slag. De är omgivna av beväpnade modifierade människor, en hall som liknar en öppen bur. Från sin position kan Monica se att korridoren - buren fortsätter så långt ögat når.

Inte långt borta är en naken man X-bunden i det fria, till en långsamt roterande mekanism, som exponerar honom helt för solen. Monica flippar ut och hennes blod rinner kallt vid tanken på vad de kan göra med henne.

Medlem 231 dyker upp tillsammans med de två idioterna och andra utanför buren.

"God morgon, marsvin."

"Hej, medlem 231"

Marsvinen svarar i kör, rädda, Monica utesluten.

"Har de inte lärt dig hur man säger hej, kärring?"

Monica står stilla med en stolt blick.

"Du vet att din styrka här inte hjälper dig, eller hur?"

Hon nickar med huvudet och åtta modifierade människor närmar sig henne inne i buren med sina vapen spetsade.

Monica tittar på den olyckliga mannen som tvångshålls ute i solen och avsäger sig stolthet.

"God morgon medlem 231"

"Men hallå, vi lär oss bra seder, du är inte så dum som du låter, käring ..."

Monica har ett instinktivt drag att springa mot stängslet, famlande att klättra på det och slå det igen, men så fort hon antyder ett drag blockerar de modifierade människorna hennes väg och riktar sina vapen mot henne.

Medlem 231 ler.

"För de som inte är bekanta med reglerna - en blinkning till Monica - finns det fem män och fem kvinnor, plus ytterligare tio som precis har slutat, men som inte har en aning om hur länge de redan har gjort ... du kommer att göra en varv på tre kilometer. Vi startar i slumpmässig ordning, de kommer att tajmas. På varje varv stannar den långsammaste mannen och kvinnan och de kommer att anses vara senast klassificerade. För resten, återigen samma sak, var tredje kilometer finns en Klassificeringen görs i ordningen för eliminering och sedan med tiden Det säger sig självt att de tre sista kommer att användas ... för obehagliga experiment, från det sjunde till det fjärde ... inget att göra, den andra och tredje en ledig dag och den första ... en hel vecka ledig "

Monica känner spänningen hos de andra "konkurrenterna". Det är den fjärde att lämna.

Du vet inte vilken strategi du ska anta; hon verkade förstå att alla är idrottare; Han måste tävla med kvinnorna, av vilka några hade en mer massiv fysik, för korta lopp; i dessa kan den råda över långa sträckor, men den är rädd för att bli utslagen under de första tre kilometerna. Så, utan alltför många beräkningar, fokuserar han på att vara en del av en fantastisk karriär.

Under den första kilometern inser Monica att mannen som kom efter henne är ikapp. Detta borde inte vara ett problem, eftersom hon tävlar med kvinnor, men det är första gången som en man har följt henne och går ännu snabbare än hon; kanske har de andra fångarna "tagits" från friidrottens värld; Dessutom kan sättet de underhålls och tränas varje dag öka deras prestation. Därför börjar hon accelerera, lite rädd och rädd av de så kallade "experimenten". Mannen närmar sig inte längre henne och håller ett konstant avstånd. I slutet av rundturen på ön ser han gestalten av en man som han nästan har nått. Vid ankomsten till mållinjen är de modifierade människorna förberedda och de andra är med timers och datorer. Efter målgången stoppar de modifierade människorna honom med sina spetsiga vapen; de immobiliserar mannen framför henne och knuffar honom ur vägen; det verkar för honom att han är livrädd och gråter. Uppenbarligen är han den första som blir eliminerad och är definitivt den siste eller näst sista han vet vad han kan förvänta sig. Monica, som tänker att hon inte längre kommer att vara en av de sista, tar de sista metrarna med en lugnare fart för att förbereda sig för ett distanslopp.

Sanningens ögonblick: du passerar målet ... du ser inga speciella rörelser, du kan fortsätta. Nu förstår du grymheten i spelet: att behöva springa utan referens och alltid när du är som bäst. Rusningen som togs i slutet av varvet tröttade henne lite, men hon återfår styrka och medvetande genom att tänka på alla hennes träningar som gjorts tidigare, och genom att tänka att hon trots allt är Monica G. Med sin andning återhämtar han sig och börjar ta fart. Efter det andra varvet är hon fortfarande med i loppet och detta tröstar henne med tanke på rädslan att hon undkommit vad som kan hända henne; Dessutom närmar sig mannen som nådde henne inte längre henne, ett gott tecken. Nu närmar han sig tanken på att kunna vinna minst en dag av frihet.

Stackars naiv, Monica inser inte vad som händer i tidstestzonen. Medlem 231 tittar misstroende på tidsdatan tillsammans med de andra: Efter ett första varv i linje med de andra marsvinen var Monica snabbast i den andra omgången, till och med före herrarna; I tredje varvet är det den enda som har sänkt tiderna istället för att öka dem; hans takt beundras av alla: en utmärkt karriär, som inte tycks förorsaka honom den minsta trötthet; först efter de första sex kilometerna börjar man se svett på hans magnifika kropp, som pryder hans redan praktfulla och slanka former. Medlem 231 vänder sig till sina kollegor:

"Som du kan se verkar det som sägs om henne vara sant, åtminstone i loppet; eftersom det är ett exempel bortom alla parametrar, då kommer hon att tävla i poolen, trots procedurerna som förbjuder två lopp på samma dag; här skulle hon kunna vinna lätt, utan att ens bli för trött, men vi får henne att tro att hon slutade fyra ... det finns inget sätt att ge henne en ledig dag, jag ser verkligen fram emot att prova det."

På fjärde varvet känner Monica de första tecknen på trötthet, men hennes lopp går bra och hon ser möjligheten att tjäna en välförtjänt vila.

Men på fjärde varvet stoppar de henne, med lite häpnad: är det möjligt att någon har varit snabbare?

"Tja, tik, som första dagen är inte dålig. Med ett hårstrå du inte slutade trea ... tålamod, det får vara till en annan gång"

De immobiliserar henne och tar henne in i fånglägret, till hennes cell. Vatten efter behag och lite kosttillskott.

Efter femton minuters total vila närmar sig Robert och Sonia cellen ensamma.

"Hej Monica"

Robert börjar.

Sonia iakttar, utan att hälsa henne, kroppen från topp till tå i sin baddräkt i ett stycke.

"Var försiktig tik"

Robert ler.

Monica har, trots de tio milen i rasande fart, fortfarande lite energi. Han kastar sig med all kraft på glaset, sparkar och slår, skriker och gör utfall mot de två tidigare lagkamraterna.

"Fy fan! Vad vill du mig? De kommer aldrig att få mig, men jag tar livet av mig först! Förstår du, ditt naturmonster? Och din psykopat? Du kommer aldrig att få mig!"

Som svar vänder Sonia på knappen som höjer temperaturen, med cellen delad i två delar och vattnet strömmar från en dusch.

Monica börjar svettas, värmen blir outhärdlig efter några minuter.

Sonia vänder sig till den rädda Robert:

"Oroa dig inte, hon älskar livet för mycket för att begå självmord, en sak är orden som talas av en arg best, en sak är att dödas på allvar ... du vet, jag känner henne ... ja, ganska intimt"

Monica, när hon känner hur temperaturen stiger igen, inser att hennes är en förlorad kamp.

"Okej, det räcker, jag gör vad du vill, säg bara hur jag ska avsluta det här"

"Var uppmärksam tik"

Det gör Monica, med tårar i ögonen.

Sonia trycker på en knapp, sänker värmen, höjer grillen och Monica går mot vattnet.

"Hög"

"Men hur gjorde jag inte som du ville?"

"Ännu inte tik, du måste byta om till nästa lopp, ta av dig baddräkten."

Monica gör det motvilligt.

"Sätt din baddräkt i springan. Bra. Vänd dig nu till oss, knä på knä och lägg händerna på huvudet."

Från glaset tittar Robert och Sonia på sin knästående fånge.

Robert ingriper, tills det ögonblicket hade han legat kvar vid sidan och lämnat spelets tyglar till Sonia.

"Jag vill hellre att du står... tik"

Monica rodnar; Fram till det ögonblicket hade Robert verkat vänlig.

Robert, du kan inte undertrycka ett sadistiskt leende. Han håller på att komma över sin blyghet mot sin tidigare kärlek. Nu är hon naken, stående och på hans nåd. Du kan se hans muskler i varje tum, hans bröst bultande. Marsvinets fysiska styrka är värdelös mot öns fasthållningssystem, kontrasten mellan henne och de två accentueras ytterligare av hennes nakenhet och det faktum att hon dominerar dem i växtlighet.

"Jaha, snart kommer vi att kunna studera din kropp och utan brådska, vänd dig nu om, visa oss din fasta rumpa"

Förvånad Monica vänder sig om med all sin majestät. Sett bakifrån framhäver den fastheten i de långa benen, rumpan och ryggen.

Armmusklerna sedda bakifrån är en levande skulptur och rör sig som pilar.

"Bläddra på benen och luta dig framåt, nu, vila armarna på golvet"

Monica känner hur hon rodnar när hon känner ett kallt föremål som marken i hennes händer.

I samma ögonblick som han lutar sig in känner han sig sårbar för synen av dem båda i all sin avskildhet. De rikliga brösten sticker ut mellan låren, benen är raka tack vare en ovanlig flexibilitet. De två lämnas med vetskapen om att det snart kommer att vara fullt tillgängligt.

Monica, i den positionen, efter intensiv fysisk aktivitet och trötthet, känner en konstig värme komma från magen; en märklig känsla av njutning tar över henne.

"Hur är det möjligt?"

De undrar båda.

Sonia och Robert tittar lite förvånat på varandra, läser nästan varandras tankar, fångade av tvivel om en eventuell tycke från deras sida.

Sonia ingriper

"Jaha, du kan gå och svalka dig."

Monica, istället för att känna sig lättad, är nästan ovillig att lämna posten, men avfärdar snabbt idén och beger sig mot vattenströmmen och svalkar sig.

Fantastisk tjej

Nästa test görs i bikini, med en röd topp och blå trosor, den sortens ganska återhållsamma, medvetet tighta för att framhäva hennes bröst och bröstvårtor som tack vare den friska luften var ganska tydliga.

Den ligger i en pool med två meter hög kant, för att undvika eventuella flyktförsök. Det finns män och kvinnor som i föregående lopp, reglerna är desamma, med varven täckta som en parameter.

Efter tio varv är det första utslaget. En kvinna, skrämd av utsikten till de experiment hon skulle genomgå, har den ohälsosamma idén att försöka fly när hon väl kommer upp ur poolen. Eftersom hon är väldigt fysiskt stark lyckas hon besegra sex modifierade människor trots handfängseln på handlederna, innan hon blir bedövad av de konstiga vapnen.

Monica stannar inte för länge och försöker göra sitt bästa, trots de tio mils löpning hon precis gjorde. Simning är en av de saker han gör bäst.

Medlem 231 följer schemat som vanligt och märker samma trend som redan var uppenbar i loppet: flickan verkar förbättras med tiden. Även här, efter den lugna starten, börjar hon vara ännu snabbare än män. Och även här beslutades det att "få" hennes femma, trots den klara möjligheten att kunna se henne på pallens översta trappsteg, ännu bättre än herrarna redan efter första loppet.

Monica är, även här, lite förvånad, men för tillfället är hon nöjd med att hon inte slutade på de tre nedersta platserna.

Men tanken på att fly kom till honom efter att ha sett den tidigare simmarens försök.

Han insåg att bredvid poolen finns en helikopterplats och kanske ...

Den idén gör henne modig och dra nytta av den linje som kommer att göras med simmarna och innan de kedjar henne igen, kommer hon att ta vara på den sista möjligheten hon tror att hon kan ha innan det som väntar henne på natten med medlem 231, för att försöka åka till helikoptern.

Hon slår ner de två modifierade människorna som omger henne och går rakt som en pil mot medlem 231 som är förvånad över kvinnans snabba reaktion.

Vid den här tiden håller hon på att bli en fantastisk tjej igen.

Han utnyttjar en stolpe som han plockar upp från marken och med dess hjälp planterar den på marken och med ett otroligt hopp passerar han över vakterna som medlem 231 har skickat i sitt fånge efter den första överraskningsreaktionen, och landar bredvid henne, ger henne en ny spark i ansiktet och immobiliserar henne.

"Hur någon närmar sig mig, jag dödar henne här, fan!

Medlem 231 gester till de modifierade människorna att hålla sig borta.

"Vad ska du göra nu, kärring? Jag började tycka om dig men efter det här kommer du att lida mer än du kan föreställa dig, käring"

"Håll käften annars bryter jag nacken på dig nu, låt oss gå tyst till helikoptern..."

Medlem 231 inser att det finns en verklig möjlighet att hennes plan kommer att fungera genom att hålla henne som gisslan och hur stark hon är även efter två ansträngande tester...

Så försök att distrahera henne...

"Titta... det är Sonia och Robert, vill du inte berätta något för dem?

Monica tittar ett ögonblick där Member 231 poäng så hon passar på att försöka komma undan, men kraften med vilken hon håller henne är sådan att Monica omedelbart inser manövern och slår henne i magen.

"Nästa gång du vill försöka lura mig dödar jag dig, käring. Var är helikopterpiloten? Ring honom att komma och förbereda det "

Medlem 231 gör som hon blir tillsagd, så om några ögonblick dyker en person klädd i militärkläder upp bredvid helikoptern och går in för att sätta den i drift.

I och med att Sonia och Robert redan är bredvid dem med ansikten svåra att tyda, men de verkar förvirrade.

"Medlem 231 vad händer här?"

Monica tittar på dem med ett sådant hat att de backar, men inte tillräckligt ...

Även med medlem 231 stödd med en arm kastar Monica ett dödligt ben mot dem och slår Sonia direkt i nacken. Detta fall slog ner till marken, död på platsen.

Robert är förlamad av förvåning och fasa över att se sin vän falla ihjäl, vilket tillåter Monica att sparka en ny spark mot honom denna gång i könsorganen med en sådan övermänsklig kraft att Robert släpper ut ett omänskligt skrik av smärta och gnuggar sig på det. golv.

"Det här är att få dina ägg att sluta fungera för gott, din jävla sadist"

Och med en snabb rörelse stiger han in i helikoptern, redan igång, bakom medlem 231 som han har tryckt in.

"Jaha, ni kan föreställa er vad jag vill ha så beställ det!"

"Pilot, låt oss åka till fastlandet"

Helikoptern börjar resa sig så att Monica kan andas igen, hon hade insett att hon hade hållit andan länge, och hon börjar se att hon höll på att ta sig ur det helvetet.

När helikoptern redan är över havet några mil från ön vänder sig Monica, Fantastic Girl, till medlem 231 ...

"Bitch, det var trevligt att träffa dig..."

Och kastar den i havet...

AVKLÄDNINGSLEKEN

Paul och jag hade gått på en fest som hölls av vänner till honom.

Han kände nästan ingen, men de verkade vara ett trevligt gäng.

Paul bad om ursäkt och började prata med några lagkamrater som han inte sett sedan loppet slutade, så jag blev ensam.

Jag hällde i mig lite sangria och började dricka lugnt och letade mig omkring efter någon jag kände.

Alla var upptagna med att prata med någon och han ville inte avbryta någon konversation.

Plötsligt såg jag ett par personer komma in genom dörren på baksidan av rummet.

Snart kom ytterligare tre personer in också.

Sedan en till.

Det var för mycket för min nyfikenhet, så jag bestämde mig för att se vad som pågick där inne.

Jag öppnade dörren och såg en stor grupp människor titta mot mitten av rummet.

Jag stod på tå för att se vad de tittade på och upptäckte en pojke i början av tjugoårsåldern som satt på ett bord med en låda full av små kort i handen.

Folk skrattade oavbrutet och det väckte min nyfikenhet ännu mer.

Jag bestämde mig för att be någon ta reda på det.

Jag knackade en tjej framför mig på axeln.

"Hej, förlåt. Vad är allt detta? frågade jag och höjde min röst över skratten.

"Vi leker" Vågar du? " "Han svarade" Vill du spela?

"Jag vet inte hur man spelar" sa jag.

"Det spelar ingen roll, jag ska förklara det för dig nu", utbrast han. Du kommer att se hur lätt det är. När din tur kommer måste du välja ett kort från lådan som 'moderatorn' av spelet bär, vilket är pojken på bordet. Det finns en "utmaning" skriven på kortet som du måste uppfylla. Om du bestämmer dig för att inte följa måste du betala en pant. Du måste ta av dig några kläder.

" Jag förstår. Det är därför det finns den där utan skjorta " sa jag och pekade på en man som skrattade. "

"Det är det" svarade hon "Det är att vi har spelat ett tag. Utöver det finns det andra som redan har betalat ett pant. Den tjejen är redan i sina trosor och jag var tvungen att ta av mig skorna."

Jag tittade ner på hans fötter och såg att han talade sanning.

Jag log, tackade honom och lämnade rummet.

Jag letade efter Paul för att fråga om han ville komma in och leka med mig.

"Nej älskling" svarade han "Du får se om du vill, jag pratar med några vänner från universitetet."

Jag gick in ensam.

De sa till mig att för att komma in i spelet måste jag först berätta för moderatorn.

Det gjorde jag och när det var min tur tog jag ut ett kort.

"Med ögonbindel, kyssa tre medlemmar av det motsatta könet och gissa sedan vem som är vem."

De valde ut tre män, och de gav mig ögonbindel.

Den första verkade som om han ville nå mina tonsiller med tungan.

Den andra använde tungan mindre, men tillbringade nästan en minut med att gnugga min rumpa medan han kysste mig.

Den tredje använde också tungan mycket och gnuggade inte bara min rumpa, utan smekte även mina bröst.

Jag lät dem göra det för om jag hade stoppat någon av dem skulle de ha eliminerat mig.

Jag tog av ögonbindeln och slog alla tre, en för hans skägg och de andra två för höjd.

När det var min tur igen fanns det redan en kvinna i bh och trosor, och en man i kalsongerna.

Jag tog ut ett nytt kort.

"Du måste visa dina underkläder för den som kan matcha dess färg. Tre personer kan testa."

Vilken otur! Hon bar strumpebandsbälte och matchande svarta trosor.

Någon skulle säkert kunna tänka sig att säga den färgen.

Men det värsta var att trosorna var genomskinliga och jag kunde se allt genom dem.

Varför skulle jag inte ha burit de rödbruna trosorna?

De valde tre andra män.

Den första sa att han inte hade någonting på sig.

Jag skrattade och sa till honom att han hade misslyckats.

Den andra sa att den var svart.

Bingo! Du har förstått rätt!

Jag sa åt honom att vända sig om och lyfte upp min klänning så att bara han kunde se henne.

När han såg mig visslade han tacksamt.

Moderatorn för spelet sa att eftersom jag hade förlorat var jag tvungen att ta av mig något plagg.

Med en sensuell gest lade jag händerna under kjolen, sänkte trosorna och hängde upp dem på galgen med resten av kläderna som de andra redan hade tagit bort.

På nästa pass tappade två män sina byxor och en kvinna sin bh, och två personer lämnade spelet med bara tio personer kvar.

Den topless kvinnan påminde gruppen om att jag inte hade gjort samma antal tester som resten av personerna och föreslog att jag skulle ha två extra tester för att sätta mig på samma nivå som de andra.

Folk ignorerade mina protester och röstade snabbt för att ge mig två extra tester i rad.

Jag tog ut det första kortet.

"Ta av din bh utan att öppna några knappar på din klänning eller blus."

När min bh öppnades framtill öppnade jag den utan problem och passerade ena sidan under var och en av mina armar.

Under tiden stirrade alla på mig och jag hörde några människor kommentera att allt var transparent för mig.

Moderatorn sa att en av spelets regler förbjöd att bära något plagg igen.

Jag tog ut ett nytt kort.

"Välj tre personer av samma kön med halmspelet. Fransk kyss en som varar minst en minut."

Jag slog sönder tre tändstickor, blandade dem med några andra och skickade runt dem så att varje kvinna kunde välja en.

Den som fick en av de tre trasiga matcherna skulle ha ett pris.

Joanna, en rödhårig tjej i tjugoårsåldern, en kropp med perfekta kurvor och lite kortare än mig, var den första som tog ut en av dem.

Han skrattade och sa att han alltid varit bra på det spelet.

Han fick mig att sitta på knä och moderatorn påminde mig om att om jag avbröt kyssen skulle jag förlora utmaningen.

Joanna började kyssa mig med stor beslutsamhet och, eftersom hon visste att jag inte hade något under mina kläder, smekte hon först mina bröst och sedan gled hon en hand under min kjol, lämnade den precis ovanför min pubis och lekte med min klitoris.

Jag uthärdade kyssen, men kunde inte fortsätta sitta med de där erfarna händerna på min klitoris.

Sakkunnigt fick han mig att nå en orgasm medan jag slingrade sig på hans knän.

När jag avbröt kyssen klappade gruppen och jag såg att det hade gått sex minuter.

Joanna höll fortfarande sin hand på min bultande fitta ett ögonblick och sedan reste jag mig.

Han slutade dock inte trycka på honom förrän jag tog några steg bort.

Min andning var snabb och jag började vänta på att min tur skulle komma igen.

En man tappade sina boxershorts och avslöjade en tjock, hård kuk.

En andra kvinna tappade sin behå.

Kvinnan som inte längre hade en behå tappade sin kjol och lämnade ingenting kvar.

Jag undrade vad som skulle hända om de förlorade igen.

Paul valde detta ögonblick att gå in i rummet.

Moderatorn frågade honom om han ville stanna.

Han tog en titt på de två kvinnornas bröst och tvekade inte att tacka ja.

De sa till honom att han måste acceptera fem utmaningar om han ville stanna.

Han drog fram sitt första kort.

"Med ögonbindel, kyssa tre medlemmar av det motsatta könet och gissa sedan vem som är vem."

Jag var den andra och Joanna den tredje.

Jag gnuggade Paul som den första kvinnan hade gjort, gnuggade hans kuk genom hans byxor.

Joanna gjorde bättre ifrån sig, drog ner sin gylf och sträckte sig in.

Paul slog mig inte (han trodde att jag var nummer ett).

Han förlorade fyra av de fem plaggen genom att stå där i sina boxare, med en enorm erektion som kämpade för att frigöra sig.

Moderatorn meddelade att det hade gått tillräckligt långt och att det var dags att dra de starkaste korten.

Jag fick den första.

De gav mig ögonbindel och satte tre hanar i mina händer.

Han fick gissa vem var och en tillhörde.

Otroligt nog kunde jag inte skilja Pauls från de andra.

Med alla människor i rummet som tittade på tog jag av mig min blus.

Kvinnan som redan var naken från föregående omgång förlorade sin utmaning och alla män drog ett halmstrå.

Moderatorn sa till kvinnan att hon skulle behöva sitta på kuken på den som drog det kortare sugröret i minst fem minuter.

Jag såg henne sitta ovanpå vinnaren när han försiktigt stack in sin kuk i hennes droppande hål och undrade om mitt straff skulle bli detsamma om jag blev naken.

Moderatorn började räkna tiden.

Hon försökte bete sig som ingenting, som om hon genom att inte röra sig skulle övertyga oss om att hon inte blev knullad där mitt bland alla, men de långsamma rörelserna som mannen trängde in i henne gjorde, efter cirka tre minuter, börjar reagera.

Hon började komma in i saken när moderatorn sa att tiden var ute och fick henne att resa sig, vilket hon vägrade och höll hårt om ägaren till hanen som gav henne så mycket nöje.

Vi skrattade alla åt den där roade reaktionen, medan Joanna och moderatorn försökte ta bort den upprättstående medlemmen från hennes hungriga fitta.

De lyckades knappt.

Nästa var jag.

"Titta på brösten på tre kvinnor och sedan, med ögonbindel, identifiera dem genom att bara röra dem med tungan."

Joanna anmälde sig snabbt som volontär liksom två andra kvinnor.

Jag tittade på deras bröst, mätte deras storlek och egenskaper, och sedan fick de ögonbindel för mig.

Min tunga turades om att utforska var och en av tuttarna.

Det föll mig att om jag slickade dem ivrigt skulle de sluta avge ett ljud av njutning som skulle hjälpa mig att veta vem var och en var.

Den andra var tyst tills mina tänder borstade hennes bröstvårta och hon kunde inte låta bli ett stön av njutning.

Den tredje stönade vid första slicket.

Jag sa att Joanna var den första, och vem trodde hon att de andra två var.

Jag fattade rätt.

Jag trodde redan att utmaningen hade passerat när moderatorn sa att han måste avtjäna ett straff.

Han hade insett att han hade använt sina tänder på en av dem.

Han sa åt mig att ta av mig kjolen.

Han skulle säga att han skulle fortsätta klä av mig, men slutade när han såg mitt heta röda och svarta strumpeband.

Han sa till mig att jag kunde fortsätta med kjolen på mig, men att jag från och med nu skulle behöva avtjäna samma straff som spelarna som redan var nakna.

Han sträckte sig ner i strafflådan och drog fram ett kort.

Han visade den inte för mig, men han lät de tre kvarvarande kvinnorna läsa den.

De gick fram till mig, cirklade långsamt runt mig och bar mig till sängen.

Joanna satte sig på den och de andra två satte mig på knä.

Kvinnan vars bröstvårta hade blivit biten placerade sig nära mitt huvud så att mitt ansikte vilade på hennes fitta.

Han höll mina armar så att jag inte kunde röra mig.

Den andra höll mina ben och började leka med min fitta.

"Såg du hur blöt hon är, Joanna? "Jag hörde honom säga.

Under tiden började han röra vid min klitoris med ett finger och utforska mitt inre med ett annat samtidigt.

Mina höfter började ofrivilligt slingra sig på Joannas knän.

Plötsligt slog det mig hårt.

Jag klagade inte, för jag var rädd att jag skulle missa straffet.

Det slog mig några gånger till och slutade till slut.

"Hur många har det varit? "Jag undrar.

"Jag vet inte" svarade jag rädd.

"Då börjar vi igen", sa han.

Joanna fortsatte att piska mig hårt medan min fitta utforskades av den andra tjejen.

Den här gången tittade jag på att räkna smisken.

När han var tjugo stannade han och tittade på kvinnan som höll mina armar.

"Har han redan börjat slicka dig? Han frågade.

"Jag svarar inte.

"Vi ska börja igen" utbrast Joanna.

Jag begravde snabbt mitt ansikte i den där fittan som tillhörde en kvinna som, som du kanske redan har insett, inte ens visste vad hon hette.

Joanna slog mig hårdare och hårdare.

Till slut stannade han.

Jag hade räknat 23 fransar den här gången, även om jag var rädd att jag hade missat några.

"Hur många har de varit? Han frågade mig igen.

"Tjugofem" sa jag för att vara säker.

"Nej, du måste göra det bättre" sa Joanna "Vi börjar igen.

Resten av folket applåderade och jublade oavbrutet, men inte jag utan mina torterare.

Jag hörde också Paul gratulera Joanna till showen hon fick mig att sätta upp.

Under hela den tiden hade händerna som spelade med min fitta inte saktat ner ett dugg.

Jag hade redan tappat räkningen på mina orgasmer, (det hade varit minst fem), och att döma av antalet gånger kvinnan jag åt hennes fitta hade tagit tag i mitt huvud, hade hon haft minst tre.

Joanna stoppade sina slag ännu en gång.

"Hur många har de varit?" Jag undrar.

"Tjugofem" sa jag igen och förberedde mig på en ny smäll.

"Rätt" sa han utan vidare.

Sedan tilltalade han kvinnan i mitt huvud och frågade:

"Virginia, har det tillfredsställt dig?

"För tillfället ja" hörde jag hennes svar "Om hon inte växer en kuk..."

"Och du, Julia? Han frågade den som hade utforskat min fitta.

"Ja" svarade han med tunga andetag "För mig är det okej."

Jag började resa mig, men Joanna stoppade mig och fick mig att lägga mig.

"De kan vara klara, men det gjorde jag inte" berättade för mig "Nu måste du räkna de kommande tio slagen så att alla i det här rummet kan höra dig. Då kommer du att kyssa mig, Virginia och Julias fittor som ett sätt att tacka dig för vad kul du har haft med oss."

Jag accepterade.

Det tog honom över en minut att slå mig alla tio gångerna.

Sedan kysste jag Virginias fitta utan att ens resa mig upp och tackade henne.

Jag reste mig upp och kysste Julias fitta och tackade henne också och räddade Joanna till sist.

Den fittätande jag tillägnade henne varade i ungefär tre minuter, tills jag äntligen kände hur hon kom.

Sedan tackade jag honom också.

När han gjorde det insåg jag att han menade det han sa.

Upplevelsen hade varit mycket glädjande.

Nu var det Pauls tur...

Paul plockade fram ett utmaningskort och jag kunde se på hans ansiktsblick att han inte hade fått vad han förväntade sig.

"Med bara munnen och ögonbindel, identifiera tupparna på tre män."

"Jag tänker inte göra det här" sa han och vände sig mot mig.

"Vänta lite" svarade jag något irriterat "Du har haft en fantastisk tid att se hur jag åkte med tre kvinnor och nu vill du inte göra det här. Jag tycker att du är orättvis."

"Men, är det..." började han säga "Är det att de är... kukar !!"

"Kom igen" sa jag och såg att jag redan hade övertygat honom. "Ingenting kommer att hända dig om du gör det, det kommer inte att skada dig. Tänk också på straffet som moderatorn ger dig om du vägrar."

Jag är inte säker på vilket av mina argument som till slut lyckades övertyga honom, poängen är att han, efter att ha tänkt på det en stund till, meddelade att han tänkte försöka.

Jag tittade noga på de tre tupparna som exponerades före Paul.

Han hade ögonbindel och skakade från topp till tå.

Jag försökte muntra upp honom genom att berätta för honom att detta tände mig enormt, vilket var helt sant.

Till sist bestämde han sig och började anta utmaningen.

Till slut var det inte så illa, det gick i mål på mindre än en minut och träffade bara en.

Moderatorn bad mig hjälpa honom att välja straff.

Med ögonen fortfarande förbundna fick de honom att sitta på sängkanten.

Kvinnorna som fortfarande var kvar i rummet klädde av sig.

Från det ögonblicket skulle kläderna inte längre tjäna som straff.

Var och en av dem satt på sin stela kuk i exakt en minut.

Jag var den fjärde och Paul kände igen mig från strumporna jag fortfarande hade på mig eller kanske något annat.

Han bad mig stanna lite längre, tillräckligt länge för att komma.

Jag gav honom en kyss som täppte till hans hals och satte mig på honom några ögonblick till medan hans höfter tryckte på mig om och om igen och försökte få orgasm snabbt.

Jag tillät det inte.

I slutet av dagen var det ett straff, så jag reste mig och lämnade honom halvvägs.

Joanna var den sista som satte in sin kuk.

Hon väckte honom skoningslöst och lämnade honom också innan han kom för att komma.

"Om du behöver att jag väljer ett annat straff, tveka inte att rådfråga mig" erbjöd jag moderatorn, medan Paul reste sig och utmattad lyfte ögonbindeln.

"Oroa dig inte" log han mot mig "Från och med nu kommer vi att välja mellan de två."

Jag såg Joanna ta nästa kort.

Han läste den för sig själv och den verkade underhållande.

Vi bad honom läsa den högt och det gjorde han.

"Välj tre män och rör vid deras tuppar. Sätt dig sedan med ögonbindel på dem och identifiera deras ägare."

Hon gick runt i rummet och valde två män, konstigt nog, de med de största kukarna.

När hon nådde Paul stannade hon framför honom och tog försiktigt hans kuk.

Paul tog ett steg framåt, glad för nu skulle han få chansen att avsluta det vi inte lämnat honom tidigare.

Men Joanna släppte henne och log grymt.

"För nu har du fått nog" sa han "Om du är bra kanske jag väljer dig för ett annat spel."

Och hon gick ifrån honom och lämnade honom med en stel kuk och en besviken blick i ansiktet.

Jag kunde inte låta bli att le.

Det tjänade honom väl.

Joanna valde den tredje och tog honom med de andra två.

Hon rörde vid var och en av hanarna tills de var hårda och när hon var klar fick hon ögonbindel.

Sedan spetsade han sig själv på var och en av dem, utan att ge någon av de tre en chans att komma.

Hon kom hårt på den tredje hanen.

Obegripligt nog hade ingen av dem rätt.

Vi insåg alla att jag hade misslyckats med avsikt, även moderatorn som kallade mig för att överväga.

Till slut hittade vi ett straff enligt Joannas personlighet, även om vi innerst inne alla visste att mer än ett straff, det var en gåva till henne.

Vi band Joanna vid sängen med framsidan nedåt, så att hennes midja böjdes i kanten och lämnade henne på knä med rumpan exponerad för oss alla.

Straffet skulle bestå i att varje man knullade henne bakifrån i exakt en minut.

Jag skulle vara vid hennes sida för att presentera var och en av tupparna för henne.

Moderatorn skulle ta tid.

En gest av honom skulle vara signalen att tiden var ute och att de borde ta bort hans kuk.

Om de vägrade skulle jag vara den som ansvarade för att ta bort den med våld (att ta dem i äggen om det behövs).

Jag gick fram till Paul och sa något i hans öra.

Sedan tog jag min plats.

Jag tog tag i den första av de sex hanarna som skulle gå in i Joannas hål med båda händerna.

"Spetsen är lite torr" ljög jag, för allt det gjorde mig mest kåt "Jag tror att jag måste fukta den med tungan."

Jag gjorde det och återskapade mer än nödvändigt, vilket gav mig en tillrättavisning från moderatorn.

Sedan introducerade jag det sakkunnigt.

Precis när Joanna började röra sig i takt med sin partner, gav moderatorn mig signalen att sluta.

Jag tog försiktigt tag i hans kuk och drog ut den snabbt.

Jag fuktade även tvåan med min varma mun, då det som sagt var 'nödvändigt'.

När jag satte in den började hans kuk blixtsnabbt röra sig in och ut.

Trots det drog jag ut henne innan hon kunde nå någon tillfredsställelse.

Den tredje och den fjärde gick på samma sätt.

Moderatorn var den femte.

Jag tittade på hans kuk och skakade sakta på huvudet.

"Jag tror att jag måste blöta den här kuken också" sa jag illvilligt.

Jag stoppade den i munnen och började slicka och suga den som om det inte fanns någon annan i rummet.

Jag ägnade mer tid åt det än åt något annat.

Till slut stoppade han mig med sin hand.

"Jag tror nog är nog" sa han och flämtade av upphetsning.

"Är du säker på att du vill att jag ska sluta? frågade jag sensuellt.

"För nu ja" sa han till mig "Senare kan jag låta dig fortsätta.

Moderatorn var exakt en minut och var den som kom närmast cumming, på grund av spänningen som min kukätande hade orsakat honom.

Paul var den siste.

Joanna hade pressat sina höfter hårt mot de två sista tupparna, försökte få orgasm, men inte lyckats.

Jag bestämde mig för att jag skulle få henne att lida lite mer innan den sista attacken.

Jag skiljde långsamt läpparna på hennes fitta med ursäkten att på detta sätt skulle hanen lättare komma in.

Det fick Joanna att rysa av nöje.

Sedan gled mitt finger över hela hennes klitoris och väckte henne ännu mer.

Jag trodde att det var nog och lät Paul komma närmare.

Han knuffade in henne, eftersom Joannas fitta var mer än smord.

Han började ge honom kraftfulla stötar som de andra hade gjort, men efter den fjärde tog jag den av honom och fick honom att trycka upp den i rumpan.

Precis i slutet av minut av rigor gav moderatorn mig signalen att ta bort den.

Joanna tryckte bakåt med sina höfter för att försöka hålla den svullna delen på plats, men misslyckades.

Moderatorn stirrade på mig.

"Nu kommer vi att rösta för att avgöra vilket straff vi utdömer dig" sa han till mig och talade högt så att hela världen kunde höra honom.

"Straff? Till mig? Men varför? sa jag, vantroende.

"För att ha ändrat reglerna för det förra spelet" svarade han "Tupparna kunde bara gå in i hennes fitta och inte i hennes rumpa. Dessutom fick du inte äta alla tuppar utan min tillåtelse".

Ingen röstade emot.

Under tiden såg jag Joanna rulla på hennes rygg, hennes hand sakta flytande till hennes hungriga klitoris.

Folket hade kommit till ett beslut.

"Vi ska ge dig ögonbindel och då kommer vi alla att göra vad vi vill utan att du vet vem som gjorde vad" utbrast moderatorn och log.

Plötsligt lade någon en ögonbindel för mina ögon och flera händer tryckte ner mig i sängen.

En sekund senare kom en kuk in i min mun och jag började suga den ivrigt.

En andra kuk grävde in i min droppande fitta, men efter fyra stötar kom den ut.

Sedan kände jag att någon skiljde mina skinkor och direkt efteråt kom en annan kuk (eller kanske samma) in i min rumpa med en enda knuff.

Jag ville skrika men hanen som hade grävt ner sig i min mun stoppade mig.

De lade mig långsamt på sidan så att varken tupparna som knullade mig eller de två munnar som började suga mina bröst skulle komma bort från sina mål.

Jag märkte att åtminstone en av dem var en kvinnas eftersom hennes ansiktshud var väldigt mjuk, utan spår av skägg.

Flera människor trängdes runt mitt kön och försökte tränga in i mig.

Efter en liten kamp lyckades en av dem.

Det var en sådan kamp som hade bildats mellan människorna mellan mina ben, att det kändes som om flera personer knullade mig samtidigt.

Det var som om alla människor hade kommit över mig.

Kuken i min mun gick obevekligt in och ut ur henne, medan kuken i min fitta fortsatte att pumpa, men med viss svårighet.

Den på min rumpa trängde fortfarande in i mig, men det verkade som om den mesta stimulansen från dess ägare kom från mina ansträngningar att motverka alla andras stötar.

Tydligen hade de två personerna som sög på mina bröst bestämt sig för att tända på mig och stimulera mig så mycket jag kunde hantera.

Sanningen är att jag var glad att jag hade ögonbindel, så jag kunde helt koncentrera mig på vad de gjorde mot mig.

Att se vad som hände skulle bara ha tjänat som en distraktion.

En av tjejerna tog min hand, lade den på sin fitta och började gnugga sig med mina fingrar och använde dem för att onanera.

Hon var så förvirrad av allt att hon inte kunde reagera.

Det var som om jag hade blivit ett objekt, som om jag hade berövats min vilja.

Hanen i min mun började bulta.

Sekunder senare sköt en ström av mjölk upp i halsen på mig.

Jag försökte svälja allt, men några föll ner för min kind.

Innan jag kunde återhämta mig satte de en fitta på plats, som jag började slicka utan dröjsmål.

Tydligen hade de två som knullade min fitta och min rumpa hittat en gemensam rytm.

Med sina stötar fick de mig att komma.

Jag var mitt i min andra orgasm, när jag hörde ett skrik och mannen som körde min fitta kom.

Sedan, när han långsamt drog sig tillbaka, kände jag hur hans sperma sakta började rinna ut ur mitt hål.

Hans partner, helt dedikerad till min rumpa, fortsatte att pumpa ännu hårdare.

Ett ansikte dök upp på min fitta och började slicka den passionerat.

Känslan av att bli knullad i rumpan medan någon annan åt upp min fitta var ny för mig.

Jag började cum igen.

Någon började dra mitt hår.

Trots svårigheten försökte jag fortsätta följa kraven från fittan som var på mitt ansikte.

En ny kuk dök upp i min hand och jag började vicka upp och ner.

En av munnarna som var på mina bröstvårtor försvann och tog dess plats med ett par starka händer som började skrubba mina bröst, knådade dem som om de vore bröddeg.

"Jag tror att den här tjejen vill få smisk några gånger" sa en röst till höger om mig som jag inte kunde lista ut vems det var.

Den fitta jag sög pressades ännu närmare mitt ansikte.

Jag slickade den så gott jag kunde.

Hennes lår krossade mitt huvud när jag fick orgasm.

Snabbt ersatte en ny kuk den och arbetade sig in i min mun.

Jag föreställde mig en rad människor som köade vid var och en av mina attraktioner och väntade på deras tur.

Jag insåg att jag hade förlorat all koppling mellan dessa könsorgan och människorna som de var knutna till.

Ögonbindeln hade tagit bort allt utom min förmåga att känna vad som hände.

Jag var tvungen att erkänna att från det ögonblick jag gick in i det rummet, hade jag i hemlighet hoppats på att något liknande skulle kunna hända.

Sanningen var att sedan Joanna först väckte min klitoris med sina fingrar, hade hon varit i ett tillstånd av konstant upphetsning.

Tydligen hade mannen som knullade mig äntligen nått punkten där ingen återvändo.

Han tog tag i mina höfter och tog kommandot över mina rörelser.

Sekunder senare kände jag hur stora spermastrålar skickades från hans kuk in i mitt inre.

Sedan lade han sig bredvid mig och jag kände hur hans kuk mjuknade och sakta kom ut ur min rumpa.

Omedelbart efter var han borta och lämnade min bakdel fri.

Munnen på min högra mes ersattes av en annan stark hand. Nu masserades mina bröst som ett team.

Plötsligt försvann en av händerna.

Sekunder senare märkte jag något i mitt bröst, i dalen som bildades av mina två bröst.

Det var en hand, en hand insmord med något slags glidmedel.

Han gick över mina bröst om och om igen och smetade in dem med den slemmiga vätskan.

Någon kom på min mage, klättrade upp på min kropp och placerade en hård kuk mellan mina smorda bröst.

Hans händer sammanfogade mina bröst, förvandlade dem till en fitta redo att bli knullad.

Mannens höfter började röra sig fram och tillbaka i en vansinnig takt.

Hanen i min mun försvann utan att skjuta sin laddning i halsen och kuken i min hand ersattes av en eldig fitta.

Någon kysste mig på munnen, tror jag en kvinna, slingrande tungan i min hals.

Jag kunde känna sperman droppa från min röv och min fitta.

Hanen som knullade mina bröst ökade sin hastighet.

Någon lyfte mina ben och blottade min fitta.

De piskade mig hårt i rumpan tio gånger, medan ena handen tog en plats på min fitta och onanerade mig.

Hanen på mitt bröst började spotta sperma med kraft.

Den slog mig i ansiktet och föll sedan droppande av henne.

Han ska också ha nått fram till kvinnan som kysste mig, men det hindrade honom inte från att sticka tungan i mig en enda sekund.

Den redan slappa medlemmen flyttade bort från mina bröst.

Kyssmunnen rörde sig också bort, liksom fingret från min klitoris.

Ett ögonblick låg jag bara där, utmattad.

Någon minut senare togs ögonbindeln bort.

De gav mig en handduk och jag torkade mig försiktigt med den medan jag tittade på den samlade gruppen.

Bland dem var Paul, min pojkvän, som också hade deltagit.

Jag insåg att jag inte hade känt igen honom bland alla de människor som gav mig oavbrutet nöje.

"Nu kommer du att tacka var och en av oss för att ha gett dig en så trevlig stund" sa moderatorn till mig "Men du kommer att göra det på ett väldigt speciellt sätt."

Några ögonblick senare kysste han var och en av kvinnornas fittor.

Sedan stoppade jag var och en av männens kukar i min mun och tackade var och en av dem.

Just då öppnades dörren.

"Var är alla?" "Sa nykomlingen" Fan, jag tror att jag har fel rum !

UNDERGIVEN LATINSK KVINNA

Juliet fick ytterligare instruktioner i ett brev.

Det var ett vitt kuvert med "Konfidentiellt" skrivet i fet stil.

Juliets ben började vackla innan hon hann öppna kuvertet.

Han kom ihåg att han pratade med Paul i går kväll.

Vad blir din nästa djärva plan?

Från deras förhållande under de senaste månaderna fick hon nya insikter om sig själv och sin sexualitet.

Innan Paul introducerades trodde han att han visste mycket om sex.

Men sedan hennes förhållande med Paul hade hon börjat göra många saker som hon aldrig hade föreställt sig tidigare.

Hon hade glömt många av sina missuppfattningar om sig själv.

Innan hon träffade Paul trodde hon att hon var helt nöjd med sex.

Men hon insåg snart att hon inte var nöjd med det hon gjorde.

Han hade ögonbindel för henne under deras andra dejt.

Julieta skulle aldrig ha föreställt sig hur känslig vår kropp kan bli när vi inte kan se.

Varje lem var asymtomatisk vid beröring, och hon blev överväldigad av nyfikenhet att veta vilken punkt som skulle beröras härnäst på hennes kropp.

Han kände att varje beröring av hans kropp skulle vara för evigt, och han kämpade för att njuta av varje beröring.

Nästa gång band Paul sina lemmar vid sängen.

Att känna att vi är hjälplösa känslomässigt, när vi ser vår egen nakna kropp, vår partner njuter av det, och vi inte kan göra någonting, vi kan inte motstå, vi kan inte undvika någonting själva, denna känsla är väldigt annorlunda.

Du använder hennes vackra, ungdomliga kropp som du vill, framför dina ögon ... och du vill bara känna vad den kommer att göra med dig.

Blandade känslor av hjälplöshet och spänning.

De spelade dessa nya spel hela tiden och hon njöt av alla dessa spel till fullo och uppskattade Pauls kreativitet.

Intressant nog var Juliet, som trodde att hennes natur var aggressiv och dominerande, lätt att ge upp Paul i romantikspelet.

Inte nog med det, hon älskade att ge sig själv helt, att ge honom sin kropp, att göra vad han skulle göra, att göra det han sa åt henne att göra.

Hon började känna att någon borde dominera henne, få henne att göra vad som helst.

Denna förändring i hennes natur hade överraskat henne.

I går kväll hade Paul sagt att morgondagens våghalsighet skulle vara kulmen på matchen så här långt.

"Du hör allt jag säger, eller hur?" Han hade frågat.

Underkastelse hade kommit till henne bara genom att fråga.

"Ja, Herre, jag ska göra som du säger till mig", svarade hon tyst.

Hon kunde tala väldigt mjukt, men denna upptäckt började först när hon träffade Paul.

"Jaså, imorgon får du ett brev på ditt kontor. Det brevet kommer att innehålla ytterligare instruktioner för dig."

... och nu hade han verkligen det där brevet i handen!

Med darrande händer bröt han förseglingen på brevet.

Vad skulle det stå på den?

Vad blir Pauls nästa djärva plan?

Vad skulle jag behöva göra för honom idag?

Lite rädd, lite generad också, började hon ta fram det vita pappret inuti kuvertet, se och läsa ...

"Slav

1. Gör dig redo för vår match ikväll klockan åtta, var modig.

2. Du ska klä dig så här: mjuka röda byxor, matchande blus, matchande trosor-bh, guldörhängen i öronen, silverbälte och högklackade skor.

3. En Mercedes hämtar dig klockan åtta. Föraren vet vart han ska gå. Han kommer att ge dig fler instruktioner senare. Precis som du följer mina instruktioner nu, måste du också följa hans instruktioner på natten.

4. Dessutom kommer du inte att ta något annat eftersom du inte kommer att behöva det. Du behöver ingen väska eller något annat. "

Julietas bröst pulsade av upphetsning tills hon läste färdigt instruktionerna.

Upprymd över vad som skulle hända idag började hon bli blöt.

Paul, en klädkod, klockan åtta på natten, Mercedes-förare ... inget mer.

Han lyckades alltid distrahera henne på jobbet.

Lite läskigt, lite spänning, lite roligt, mycket nyfikenhet ...

Fram till nu, hur djärva deras spel än var, hade de spelats på "privata" platser.

Ibland hemma hos Julia, ibland i Pauls lägenhet och en gång på ett hotell.

Men hon skulle överlämna sig till Paul ensam ... men idag skulle hon träffa en tredje person, föraren av den där Mercedesen!

Har Paul gett föraren några djärva instruktioner?

Paul sa, du måste lyda allt föraren säger ...

Vad händer om föraren ber henne att ta av sig kläderna i bilen?

Eller om han ber henne att kyssa honom som sitter i bilen?

Eller om du lutar den medan du kör ... ??? Herregud

Varför erkände hon allt detta för Paulus?

Gjorde hon ett misstag genom att lita så mycket på honom?

Å ena sidan, med sådana tvivel i sinnet, trodde hon också att Paul inte skulle tillåta att någon situation skulle uppstå som skulle utsätta henne för fara.

Hon log för sig själv och insåg att tanken på att chauffören skulle tvinga henne att klä av sig var lika skrämmande som spännande.

Vid åttatiden hade Juliet klätt på och av sig tre gånger.

Först hade han röda byxor, men det var inte mjukt.

Jag ser bra ut så här, varför skulle jag ägna så mycket uppmärksamhet åt honom ...

Medan han sa detta, utan att inse det, hade han tagit av sig byxorna och letat efter en mjukare röd.

Sedan började han leta efter guldörhängena.

Han hade aldrig haft en chans att bära dessa örhängen eftersom han brukade bära jeans och en t-shirt, men Paul hade sagt en eller två gånger att han gillade dem väldigt mycket.

Konstigt nog kom hon inte ihåg när hon berättade för Paul att hon hade ett silverbälte.

Men han hade skrivit samma sak i sitt brev, så han måste ha vetat, det är säkert.

Samtidigt som han mentalt uppskattar hans intelligens ...

... Klockan slog åtta och en bil tutade på vägen.

Julieta sprang ner för trappan och tittade genom titthålet i ytterdörren.

Framför porten stod en lång svart Mercedes.

Hon drog väskan från axeln och slängde den i soffan i hallen, låste ytterdörren, låste upp porten och gick fram till Mercedesen.

Den uniformerade föraren öppnade bakdörren för honom.

Föraren var medelålders och bildad i utseende.

Hon satt inne och undrade om han redan skulle ge henne några instruktioner.

föraren stängde mycket artigt dörren, satte sig och startade motorn.

Som väntat var det riktigt bekvämt att åka i en Mercedes, men han verkade inte ha något emot det.

Nu kommer den här föraren att berätta för dig vad du ska göra, hur och om du verkligen vill lyda vad han säger ...

Många av dessa tankar snurrade i hans sinne.

Mercedesen rusade genom stadens livliga gator.

Så småningom blev den omgivande trafiken mindre tät och han insåg att de lämnat staden och tagit sig in i industriområdet.

Fabrikerna och kontorsbyggnaderna på båda sidor om den smala gatan verkade inte bekanta.

Plötsligt saktade föraren in Mercedesen och gick in i ett parti som såg ut att vara övergivet.

Även om fordonshastigheten var tillräckligt låg för att komma in från huvudvägen, var den inte tillräckligt långsam för att läsa bokstäverna på skylten utanför paketet.

Inne på tomten ser Juliet en Vigilantes stuga med en gammal, förfallen dörr.

Föraren stoppade bilen och klev ur.

Han kom tillbaka och öppnade dörren för Juliet.

Så fort hon kom ut stängde han dörren och tog henne i nacken och ledde henne till den kollapsade Vigilante-hytten.

Juliet hade ännu inte hört förarens röst.

Den fyra gånger fyra fots stugan hade en disk längst fram.

Den unge mannen som satt vid disken sa till föraren:

"Tack vännen, vi ses nästa gång."

Föraren bara log och vände snabbt och gick.

Nu var Julieta ensam framför den där okända men stiliga unga mannen.

Det fanns en del magi i hans leende.

"Juliet, heter du inte? Följ mig", beordrade den unge mannen.

Juliet följde honom försiktigt.

De två gick in i ett kontorsliknande rum på baksidan av den halvförstörda byggnaden.

Det fanns ingenting i rummet än ett bord och stolar i hörnet.

"Är du redo för dagens unika äventyr Juliet?" frågade han och blev allvarlig.

"Uhm? Kanske..." sa Juliet och blev lite nervös.

"Tja," sa han och log mystiskt, "till alla som ger dig instruktioner i kväll kommer du att följa dem noggrant. Utan tvivel ... och utan att fråga någon. Vissa av förslagen kommer att vara konstiga eller konstiga, men tro mig, du kommer att bli gladare. om du följer instruktionerna. Gör sedan vad du blir tillsagd, utan skam, rädsla eller rädsla."

"Okej. Vad måste jag göra?" frågade Juliet bestämt.

När han tittade på Juliets sexiga kropp sa han:

"Hör då. Ta först av dig kläderna."

"Allt?" frågade Juliet tveksamt.

"Nej", sa hon med ett busigt leende, "ta av dig allt utom trosorna, örhängena, silverbältet och klackarna."

Juliet visste inte om hon hade hört instruktionerna korrekt.

Han hade gett honom instruktioner med mycket tydliga ord och med höjd röst.

Juliet kände dock att han inte hade kunnat säga något av det.

Även efter att ha smält hans förslag med stor möda, väntade hon fortfarande på att han skulle lämna rummet ...

Hon tyckte att hon åtminstone skulle vända honom ryggen.

Naturligtvis visste Juliet att hon förväntade sig mycket, men ändå ...

I ett anfall av raseri drog han ner byxorna och lät sitt bälte vara på.

Hon knäppte upp den första knappen på sin blus och tittade på honom för att visa honom att du inte är mindre i den här situationen.

Men så fort hon märkte att hennes blick gled ner när hon tog bort en annan knapp, tittade hon oavsiktligt ner på sig själv.

Hon skämdes över att se den mycket snäva, mjukt rosa bh:n som var tydligt synlig efter att två knappar lossnat från toppen.

Hennes köttiga, mjuka bröst kämpar för att ta sig ur honom.

Upprymd började hon andas hårdare och hårdare, och hennes redan fylliga bröst verkade svälla.

Utan att slösa mer tid knäppte hon upp alla saknade knappar på blusen.

Så fort han drog av sig byxorna från hennes fötter tittade hon på honom och drog av sig sin bältesnära blus med båda händerna.

Sedan, genom att trycka tillbaka dem och naturligtvis puffa upp hennes stora och vackra bröst ännu mer, tog hon också bort bh-krokarna.

Men under några ögonblick förblev hon i samma pose och såg på honom.

Han steg fram och tittade på hennes svullna bröst.

Juliet insåg att det inte fanns någon flykt och himlade med ögonen, tog ett djupt andetag och tog långsamt bort sin bh med båda händerna.

Hon hade inte modet att se honom i ögonen nu.

Och så insåg han att han fortfarande väntade på att hon skulle komma ut eller vända honom ryggen.

Men hon kunde själv ha vänt ryggen till när hon klädde av sig inför den här främmande unge mannen!

Men hon hade fräckt tagit av sig kläderna en efter en framför honom ...

Hon var ännu mer generad av denna tanke.

"Vik dina kläder och lägg dem på bordet," återfick Julieta medvetandet vid sitt nästa förslag.

Hon öppnade ögonen, men undvek hans blick tog hon upp byxorna, blusen och bh:n som rullade ner för hennes ben och gick fram till bordet.

Hon vek dem försiktigt, lade dem på bordet och ställde sig framför honom, men inte långt efter.

"Vänd dig nu om och stå med båda händerna bakåt", instruerade han igen med allvarlig röst.

Nu vände hon ryggen till och undrade vad det skulle vara till för, vände sig och viftade med båda händerna tillbaka som om hon hade blivit väldigt lat.

Hon nickade och kände hur han kom mot henne.

Hennes ömtåliga handleder berördes av kall metall när hon funderade på vad som skulle hända härnäst.

Vad är det för nytt, frågade hon, tills något klickade och båda händerna fastnade i samma ställning som han hade sagt till henne.

Herregud. Du är här på en okänd plats, med en okänd man, i detta ögonblick, i ett sådant tillstånd ... och nu så försvarslös !!

Lite kläder på kroppen, ingen telefon i närheten, ingen väska ...

Vad skulle de vara till för?

Båda händerna var instängda i bojor bakifrån.

Paul är inte i sikte.

Och den här märkliga men stiliga unga mannen kommer dig så nära ... dum!

Du är dum, Juliet.

Varför tror folk så blint?

Och det också hos en person som Paul ... hur väl känner du honom?

Vad kommer att hända med dig nu.

Åh gud vad gjorde jag...

"Kom igen", sa han och väntade inte på att hon skulle gå, utan höll i sina bojor och gick mot dörren.

Det var ingen idé att protestera.

Så fort hon var ute genom dörren svepte en blåst av kall luft över Juliet och tårarna rann i ögonen.

Han gick med tunga steg.

Han släpade nästan in henne på den mörka parkeringen.

I ett sådant halvnaket tillstånd kände han också stödet av det mörkret, men ...

Men vad är det här?

Skammen över hennes egen halvnakna kropp, över hennes egen hjälplöshet, över det ofrivilliga sällskapet med denna unga främling, medan hon var rädd, upphetsade henne också hjälplöst.

Hon skämdes över att känna de söta förnimmelserna som ägde rum täckta av det enda plagget som fanns kvar på hennes kropp.

Hon visste inte exakt vad du tänkte på.

Trots att hennes kropp var kall kände hon sig varm när hon lämnade rummet och in på parkeringen, med en beröring av hennes kropp när hon gick och det starka greppet från bygelstången.

Hennes mörka chokladnipplar drogs ihop och började värka av den kalla luften.

Det såg ut som att han höll stången med båda händerna väldigt hårt ... men hon hade båda händerna instängda bakom ryggen.

Och vad skulle hända med honom om han hade båda händerna fria.

Om han nypte hennes stela bröstvårtor med samma kraft som han höll i sin skivstång...

Juliet blev fruktansvärt förvånad över sina egna tankar.

Vad tänkte du för en stund sedan?

På grund av denna hjälplöshet, skammen, hade tårarna precis nått hennes ögon.

Nu bör beröringen av den här okända mannens steniga hand röra vår mest intima del, tanken ... eller begäret ...

Gud!

Vad hände med mig

Vilka tankar kommer att tänka på?

Paul, var är du, ond?

Du ... du gjorde mig så här!

Kommer jag att kunna se mig i spegeln imorgon eller inte?

Det fanns en liten grind i slutet av parkeringen.

Främlingen öppnade dörren och tryckte in Juliet.

Det var som en stor tom kammare.

Julieta spände ögonen och försökte se sig omkring, men det var mörkt utom lampan som hängde mitt i rummet.

Han drog upp henne igen och placerade henne under lampljuset.

Hennes vackra kropp, som varit täckt av mörker så länge, blottades igen.

Generad och plötsligt ljuset i ögonen torkade hon hårt om ögonen.

Några ögonblick gick i extrem tystnad.

Det finns ingen rörelse, det finns ingen rörelse.

Jag undrar om han lämnade mig här...

Hon kände hans beröringsborste på hennes linjära midja.

En eller två gånger rörde sig beröringen långsamt från båda sidorna av hennes midja till armhålorna och gled sedan ner och gled nedför kanterna på hennes trosor.

Julieta torkade hennes ögon hårt som om hon visste vad som skulle hända härnäst.

Fingrarna på båda händerna drog ner kanterna på hennes rosa trosor.

Hennes trosor fastnade när de nådde hennes lår.

Med händerna bundna bakom ryggen kunde han inte göra någonting.

Fingrarna på hans vänstra hand kom fram bakifrån med auktoritet och började sänka framsidan av hennes trosor, nypa dem, röra vid hennes våta slida.

I nästa ögonblick föll det sista plagget på hans kropp, fastän endast nominellt, för hans fötter.

"Lägg dem åt sidan", ekade hans kraftfulla röst genom det tomrummet.

Han släppte hennes ben från hennes trosor utan att tänka.

Nu var hon helt naken, naken, naken.

För att inte tala om, det fanns några saker kvar på hennes stiliga kropp: örhängen, ett silverbälte och höga klackar.

Inget av detta tjänade naturligtvis till att undvika förlägenhet, men hon började tänka på sig själv när hon mötte den situation hon var i.

"Stanna kvar där," sa hon och gav nästa order.

Även om Juliet öppnade ögonen nu, ville hon inte vara olydig mot honom.

När han tänkte på vad han gjorde hörde han hur han tryckte på något.

Hon tittade åt höger och såg honom.

Han tryckte något med hjul mot henne.

Det var ett bord.

Bordet var ungefär midja högt.

Läderremmar var fastspända över bordet.

Han förde bordet mitt framför henne.

Sedan cirklade han runt henne igen, sköt henne framåt och böjde henne över bordet.

"Spre på dina fötter, Juliet," beordrade han.

Hon rörde lydigt båda benen något åt sidan.

"Mer stilla", skrek han och hon stod med båda benen vidöppna.

Nu rörde hennes våta slida lädret på bordet.

Så fort hennes ben mötte bordsbenen band han båda hennes ben hårt med läderremmarna.

Nu var det omöjligt för honom att röra sig.

Han omgav henne befriade hennes händer från bojorna.

Han log och ställde sig framför henne.

När hon tittade på sin nakna kropp sänktes Juliets ögon automatiskt i förlägenhet.

Han fortsatte att ge order.

"Stig ner och rör på tårna."

När hon lutade sig ner lutade han sig framåt och band hennes händer vid hennes ben.

Oavsett hur modig hon var, var Juliet livrädd för detta tillstånd av hjälplöshet.

I det här skedet kunde hon inte röra sig på egen hand.

Hennes blöta slida och fylliga skinkor var helt exponerade inför "den där" främlingen.

Inte bara det, utan hennes slida, och till och med hennes rövhål, måste ha varit synliga för honom nu.

Hon försökte kontrollera sin andning och undrade vad han skulle göra härnäst.

Under en minut märkte hon ingen rörelse från honom, men sedan insåg hon att han var väldigt nära bakom henne.

Och samtidigt kände han en mycket bekant touch, men på en oväntad plats ...

Vaselin! Ja, det var vaselin.

Han gned vaselin i hennes bakre hål med ett belagt finger.

Han spred det runt henne en stund och förde sedan in fingret i hennes anus.

Juliet höll andan en stund.

Innan hon träffade Paul var hon inte medveten om någon annan användning av hennes analhål än vanligt.

Hon brukade känna sig upprörd när hon såg analsex i en porrfilm med Paul.

Han skulle skrika på Paul och tvinga honom att passera platsen.

Men när han väl hade bundit fast hennes armar och ben vid sängen och lärt henne vilken typ av dominerande kön, hade han fört in en gummiplugg i hennes anus, trots hennes motstånd.

Juliet, som först skrek, accepterade denna typ av kul på nolltid.

Efter det, varje gång Paul kom ner för att slicka hennes slida, började hon tigga honom att föra in minst ett finger bakom henne.

Faktum är att Paul verkligen gillade att göra det så här, men bara för att irritera Juliet brukade han påminna henne om sitt avslag och avsky ...

Men idag, när fingret på denna okända man fritt cirkulerade genom hans gren och anus, hade han många känslor i huvudet.

Hon var arg på sin egen hjälplöshet.

Inkräktaren irriterade honom för den uppenbara framfarten.

Hon hatade Paul för att han försatte henne i en sådan situation.

Det kom tårar i ögonen av smärta när hennes finger trängde in.

Och samtidigt blev hon upphetsad när hon insåg att en främlings finger rörde sig i hennes anus på en främmande plats.

Efter att ha tryckt in fingret i och ut ur hennes hål ett tag, stack han in en tjock gummiplugg i hennes hål med tvång.

Även om vaselin minskade obehaget något, var storleken på pluggen mycket större än storleken på dess hål.

Men Juliet kunde inte göra annat än att protestera.

Juliet försökte sluta gråta och ta ett djupt andetag, i det ögonblicket ...

När pluggen satts in helt inuti, smackade han hennes ömma rumpa hårt och drog ifrån henne.

Juliets bokstavligen dova skrik följde ljudet av "sprickan" som ekade i hela rummet.

Vid det här laget blev han väldigt arg på Paul.

Han ska ha berättat för främlingen flera saker som är väldigt privata mellan de två.

Självklart!

Dessutom, hur kunde den här mannen veta att Juliet, som alltid är ansvarig på jobbet, gillar att bli dominerad i sex?

Även om hon grät när hennes finger rörde sig över hennes anus, måste hon ha vetat att hon älskar att bli fingerstickad.

Och nu, utan att oroa sig för den fysiska smärtan hon gick igenom, och utan att förutse vad hennes reaktion skulle bli, var hon övertygad om att Paul måste ha berättat allt för henne på grund av kraften som han hade slagit henne med.

Paul hade också lärt henne tricket att lindra extrem smärta.

I omvärlden orkade inte Juliet den höga rösten från mannen framför sig.

Men i den här privata världen var hennes största fantasi att någon kunde tortera henne, tvinga henne fysiskt.

Genom att utnyttja denna information blev han arg och samtidigt väldigt upprymd när han insåg att den här mannen lekte med sin kropp.

Med alla dessa tankar i huvudet fortsatte han dock att kasta en piska på henne.

Hennes bleka rumpa var nu rödaktig som körsbär och varm som fan.

Efter tio-femton slag kastade han piskan åt sidan och började slå Juliets rödaktiga skinkor.

Efter mycket tortyr började Juliet vilja krama honom.

Han stannade och ställde sig framför henne precis när hon ville att hans händer skulle flytta tillbaka dit en liten stund till.

Han lutade sig ner och släppte hennes händer och rätade upp henne.

Han tog hennes fina hand i sin och lyfte upp henne.

Juliet såg ett starkt rep dinglande från ovan.

Han band försiktigt hennes båda händer och lindade in dem i repet.

Han halkade och föll åt sidan.

Repet bands över bron från taket.

Han lossade repet från dess grepp, tog det i sin hand och började dra hårt i det.

Juliets kropp hölls upp och hissades med repet som drog hennes armar.

Juliet lät honom dra i hennes kropp utan motstånd.

Han fortsatte att rycka i repet tills han lyfte henne i båda hälarna.

Nu stod Juliet på tårna på sina höga klackar och svängde med kroppen, men inte dinglade.

Han band änden av repet igen och ställde sig framför henne.

Juliets hela bröst var nu upprätt eftersom hon hade båda armarna upphöjda.

När hon tittade ner ovanifrån såg hennes egna bröstvårtor också lite för vinklade ut.

Och sedan snurrade han med fingrarna över de mörka ringarna runt hennes bröstvårtor, han tog plötsligt tag i båda spetsiga bröstvårtorna med en nypa och drog hårt.

Juliet skrek villigt och snubblade där hon stod.

Hennes lår var också begränsade i hennes rörelser eftersom hennes ben var knutna nertill och händerna upptill.

Han fortsatte att dra och släppa hennes bröstvårtor med fingrarnas nypa.

Sakta började Juliet bli upphetsad igen.

Hon torkade ögonen, drog nacken bakåt och förde sin kropp mot honom.

Det var som om han ville ha den där smärtsamma nypan om och om igen.

Därifrån tog han en liten mängd röd grädde på fingrarna.

Försiktigt gned han salvan runt hennes bröstvårtor.

Han doppade fingrarna i tuben igen och öste ur lite mer grädde.

Nu kom hans hand ner och började röra vid hennes slida.

Han hittade hennes slida genom hennes fina hår och smetade in krämen där också.

Sedan kom han tillbaka och gned den krämfärgade gummiproppen på hennes anus.

Julieta var väldigt upprymd av beröringen av den kalla krämen på hennes tre "privata" organ.

Men efter några sekunder började den kalla krämen värma upp henne.

Och så smått började det klia på platsen där han applicerade krämen.

Hon var angelägen om att någon skulle klämma ihop hennes bröst.

Hon försökte frigöra händerna för att trycka på sina egna bröst, för att spänna sina egna stela band.

Just nu behövde hon sina steniga fingrar, på sina slickade bröstvårtor och sin kliande slida ...

Och samtidigt kände han beröringen av det vibrerande föremålet.

Paul hade gett henne en medium vibrator, men hittills har hon aldrig använt den ensam.

Paul brukade arbeta med vibratorn på egen hand med henne.

Men nu verkade vibratorn, som hade trängt in i hennes kliande slida, för stor.

Dessutom kändes dess vibrationer mycket starkare än jag förväntade mig.

Trots att båda benen var bundna sträckte hon på låren för att få så mycket plats som möjligt för vibratorn.

Han kröp en tum och väntade på hennes känsliga slida.

Juliet blev dock så upprörd av krämen och situationen i allmänhet att hon tryckte fram hela kroppen och försökte få in vibratorn.

När han tog den tjocka vibratorn i sin helhet stod han och skakade och njöt av dess vibration.

Båda benen knutna.

Jag skjuter upp med båda händerna bundna.

På en så okänd plats kände Juliet livsglädjen hängande helt försvarslös, naken, upprymd inför en främling.

En tät plugg i hennes anus och en vibrator som fyller hennes slida.

Bröstvårtorna tänds av den röda krämen på toppen.

Hon ville uppriktigt att främlingen skulle bita henne, bita henne och krossa hennes fylliga, köttiga skinkor.

Det kändes som om de två föremålen i båda hålen hade trängt djupt in i hans kropp.

Han hade aldrig slutat trycka in vibratorn, men Juliet själv försökte få in honom.

Han stängde båda hålen, drog handleder och anklar till spänningspunkten, sträckte ut hela kroppen och nådde med ett högt rop lyckans klimax.

För första gången i hans liv varade det ögonblicket länge.

Musklerna i hennes anus började dra åt medan hennes slidmuskler började försvagas.

Och innan den första vågen av upphetsning lagt sig stelnade hennes kropp igen.

Hon fick en andra orgasm i rad på grund av gummipluggen som satts in i hennes anus.

Hon upplevde extrem smärta och njutning på samma gång.

Sakta började hennes kropp sjunka och hon slöt ögonen.

Hans ansikte vilade på bröstet i en hängande position.

Han lutade sig framåt och drog ut vibratorn ur hennes slida.

Det tog ett tag för hennes kropp att återhämta sig.

Sedan samlade han lite kraft, höjde nacken, öppnade ögonen och ...

... alla lampor i rummet var tända.

Under sin blick såg hon ungefär femton stolar, bara tio meter från henne.

Hon stirrade vantro på stolarna och förstås på människorna som satt i dem.

Det fanns män i trettio- och femtioårsåldern ... och det fanns kvinnor.

De såg alla på Juliet med glädje och beundran.

Paul satt i den sista stolen och tittade stolt på henne.

Jag var glad att se Paul.

Men sedan mindes han sitt eget tillstånd och den senaste "exponeringen".

Generad sänkte hon nacken, men kunde inte röra händerna för att täcka sin nakna kropp.

Och vad skulle han dölja nu?

Efter att ha sett hela "showen"...

Med alla dessa tankar som flög genom hennes huvud kände hon borsten av kallt vatten bakom sig.

Främlingen, som hade lekt med hennes kropp så länge, "chylde" henne med ett vattenrör i handen.

Hon hade inget annat val än att låta honom bada henne med knutna armar och ben.

Han vände på hennes nakna kropp och badade henne helt från topp till tå.

Först resterna av fransarna på hennes skinkor, sedan skavningen av hennes armar och ben från bandaget, brösten och bröstvårtorna som svällde av krämen och dess hantering, i båda hennes ömtåliga porer som hon drabbades av en oväntad attack från båda riktningar och över hela hennes unga och ömma kropp.

Jag behövde verkligen det där kalla vattnet!

När hon var helt genomblöt stängde hon av kranen och steg fram för att lossa greppet om benen.

Julieta spred sina långa ben och försökte resa sig rakt.

Sedan knöt han upp repet som hängde ovanför och släppte hennes händer.

Han lämnade henne ensam ett ögonblick och närmade sig henne igen.

Han drog upp det bakre bordet och fick Juliet att sitta på det.

Det fanns ingen styrka i hans kropp, det fanns ingen önskan i hans sinne att motsätta sig något av hans handlingar!

Han lade henne på bordet och band hennes händer.

Den här gången lindade han remmarna runt hennes lår utan att knyta fast hennes ben vid anklarna.

Julietas slida var nu mer öppen än tidigare, med remmarna fästa i krokar på vardera sidan av bordet.

Nu syntes hennes rosa slida framför henne, och gummipluggen i hennes bakre hål syntes också.

Han lämnade henne i det tillståndet ett tag.

Nu fick tanken på att folk satt i rummet och stirrade på henne att hon kände sig generad och även upphetsad.

Hon kom ihåg att Paul också var runt henne och lutade sig tillbaka på bordet och väntade på nästa attack ...

Och så kände hon vibratorns välbekanta beröring ... först på hennes ben, sedan hennes fylliga lår, sedan hennes platta mage, runt hennes ihåliga bröstvårtor, och sedan långsamt röra sig uppåt på båda brösten, på hennes snäva bröstvårtor.

Han kunde inte tro att han kunde bli upphetsad igen på så kort tid.

Han kände flytningarna från hennes slida droppa från hennes utmattade lår till hennes egen anus.

Och hon blev överväldigad av åsynen av femton eller tjugo främlingar, män och kvinnor som stirrade på henne.

Orolig började hon uttala:

'Ah ah!'

Plötsligt gick vibratorn av.

Juliets upphetsning fanns inte längre i hennes kropp.

Hon började skrika högt, skrika och ropade på främlingen att komma över och fortsätta att smeka henne med vibratorn.

Det måste ha gått några sekunder och sedan kände hon en mycket obekant och oväntad beröring mellan sina två lår ...

Förvånad tittade hon dit och såg att den unga främlingen förde sin långa tunga över hennes slida.

Hon log och tittade på honom, lutade sig sedan tillbaka på bordet och slappnade av i kroppen.

Han var inte längre en främling för henne.

De andra männen och kvinnorna i rummet fanns inte för henne.

Han hade inte ens tankar för Paul i huvudet.

Han kände beröringen av den unge mannens långa, starka tunga, himlade med ögonen och lade sig ner.

Under nästa orgasm höll hon ett stort leende på läpparna.

Hur länge hon slickade sin slida, hur länge hon låg på bordet, vaken eller sov... Jag hade ingen möjlighet att veta.

Allt hon visste var att de två var ensamma i rummet igen, hennes lemmar var fria, gummiproppen hade tagits bort från hennes anus och placerad bredvid bordet, och främlingen som hade gett henne den största orgasmen i sitt liv , utan samlag, stod han artigt framför henne.

Han reste sig långsamt och gick från bordet.

Han hade sina kläder i händerna.

Nu, när hon klädde på sig, lutade han sig mot henne ... inte för att skämma ut henne, utan för att knäppa hennes tajta behå.

Han hjälpte henne också vänligt att klä på sig.

Efter att ha klätt på sig ledde han Juliet tillbaka till Watcher's hut.

Samma svarta Mercedes stod framför.

Mercedesföraren öppnade dörren för henne och stannade förväntansfullt.

Julieta log när hon mindes chaufförens vänlighet.

Han vände sig om och frågade för första gången sedan han träffade "främlingen",

"Vad heter du?"

Han log.

Han tog hennes hand och kramade den närmare och sa:

"Mitt namn är inte viktigt."

Sedan log hon bara och sa "Tack" och började gå mot bilen.

Paul väntade på henne i baksätet i bilen.

Så fort han kom in kramade Juliet Paul i hennes famn.

Paul klappade honom kärleksfullt på huvudet och vinkade föraren att starta bilen.

Den svarta Mercedesen började springa igen genom industriområdets smala gator mot den livliga staden.

Paul tog en videokamera som han hade lagt undan och höll skärmen nära Juliet och sa:

"Allt du har gjort sedan du klev ur bilen ... eller allt som har gjorts mot dig finns i den här videon. Vad modig du är."

Juliet slappnade av i hans famn.

Leendet på läpparna och tillfredsställelsen talade för henne utan att behöva säga något mer.

Paul lät henne slappna av i bilen, klappade henne igen och stirrade på tejpen av hennes mod.

Dagens plan var en succé.

Jag var glad och exalterad över att jag snart skulle vara redo för ett fantastiskt nästa äventyr ...

SLUTET

167